行者的风度

陈长吟◎著

图书在版编目（CIP）数据

行者的风度 / 陈长吟著 .—北京：中国华侨出版社，2017.8
ISBN 978-7-5113-6953-6

Ⅰ . ①行… Ⅱ . ①陈… Ⅲ . ①散文集 - 中国 - 当代
Ⅳ . ① I267

中国版本图书馆 CIP 数据核字（2017）第 170881 号

行者的风度

著　　者 / 陈长吟
责任编辑 / 嘉　嘉
责任校对 / 王京燕
经　　销 / 新华书店
开　　本 / 880 毫米 ×1230 毫米　1/32　印张 / 8　字数 / 181 千字
印　　刷 / 三河市华润印刷有限公司
版　　次 / 2017 年 9 月第 1 版　2017 年 9 月第 1 次印刷
书　　号 / ISBN 978-7-5113-6953-6
定　　价 / 32.00 元

中国华侨出版社　北京市朝阳区静安里 26 号通成达大厦 3 层　邮编：100028
法律顾问：陈鹰律师事务所
编辑部：（010）64443056　　64443979
发行部：（010）64443051　　传真：（010）64439708
网　址：www.oveaschin.com
E-mail：oveaschin@sina.com

自序 踏春去

春天来了，地气上扬。

找出旅游鞋，刷刷灰；打开相机包，充上电；出门小跑步，拉拉筋；抬头望远山，激灵思想……准备踏春去。

生性怕冷，去年冬天，我很少出远门。

缩着身子，窝在小屋里，只做了一件事，研究石头。

突然对陨石，这种天外来石感了兴趣，便从全国各地搜罗来陨石（抑或是疑似陨石）标本，把玩一番。那火星伊丁石陨石，通红的肌体上飘着火焰，摸上去怕烫手，实际冰凉；那月球角砾陨石，外表浅黄或灰白，好像冷漠的面孔，色调肃穆；那石铁陨石，稍稍打磨一下便油黑铮亮，它密度很大沉得压手；那玻璃陨石，轻盈透明像是天然的晶体……

陨石从高空降落，坠入大气层时开始摩擦燃烧，体内便蓄满了热能，外界的物理作用促使内在结构发生变化。

巨大的陨石，多数被熔掉，落在地面上只有极小块核心。

据说陨石能增加热量。我把小块铁陨石攥在手掌里，过了会儿石头果然发热，到底是人的体温还是石的效果，说不清。

据说陨石的磁场可以防止辐射。我把陨石挂在胸前去上网，似乎头脑更清晰了一些，不知是石的神奇还是人的心理，道不明。

窗外，柳芽绿了，桃花绽了，我从迷石中惊醒。

噢，春才是万能的热源，我们应该到大自然中去焕发自己。

那么，走吧，踏春去。

恰逢此际，一本小书也结成。

朋友，如果你的行囊里尚有空间，那么就带上这本小书，里面有些温暖的故事和温馨的情感，或许可促你发酵游思。

陈长吟

2017 年 3 月 7 日凌晨于西安古都迎春巷

目 录
Contents

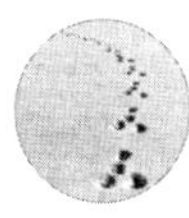

第一辑　水长情也长

第二辑　山高路更高

第三辑　风流处处在

第四辑 有你才够好

| 04 | 行者的风度

第一辑

水长情也长

1/远游的鱼

小时候，我在月河里成长。月河像一条晶亮的飘带，荡漾在秀丽的凤凰山下。河水青绿透明，岸边的小草翩翩舞动，似乎要飘走，但又不会走，根扎在泥土中很顽强。小伙伴们自由嬉戏，一会儿列队浮起，一会儿又散乱潜底，舒展着无拘无束的个性。偶尔，雷雨大作，山洪暴发，但很快就会恢复宁静。河下游有座山就叫鲤鱼山，那是我们的神山，每年夏天，长辈都会带我们去朝拜，教我们懂得山与水的关系，自然界的规律。我们吸吮着月河的乳汁，慢慢地长大了。

青年了，身强力壮，便不满足于月河的狭窄，渴望开阔胸怀，丰满眼界，增加阅历。一天，我游出月河，进入汉江。激流澎湃，水面宽大，使你头晕目眩，十分茫然。但经过一番调整，很快就会适应环境。汉江的水从山石里涌出，经树根间流过，打峡谷中穿越，流程远长，汇纳百溪，有力度、有韧劲、矿物质丰富，硒营养充足，得天地精气，利万物生长。两岸青山绿林，污染很少，是鱼类繁殖的天堂。我的同伴有 105 种，来自于各条溪流，其身段、容貌异彩纷呈，大家和谐相处，组成了一个快乐的大家庭。

到壮年了，我决定独自远游，去认识世界，寻找发展空间，实践精神追求。我逆流而上，经过漫长的努力奋斗，到了遥远荒蛮的汉江源头，领略了自然的神奇和地理的变化。我又顺流而下，穿过一道道峡谷，绕出一个个渡口，越经一座座关隘，进入长江。顿时，我被凌空跃起的高桥震惊，也为破浪前进的巨轮激赞。长江真是太壮阔了，映衬着岸上的高楼大城，溢射出一串串好看的湖泊。可是，长江的嚣闹和混杂，让你感到并不舒畅。

中年时，我终于进入大海。这是河流的归宿，也是游鱼的终点。大海是从容宽博的，纳万水而不动声色，经千浪而不改容颜。各种鱼们都有自己的生存间隙和壮大机会，只要你有力有劲，你就跃吧闹吧。头顶晴空万里，身下波涛千顷，世界没有尽头，希望就在前方。我拼足干劲，游出自己的身影，划出美丽的弧线，博得一片惊叹，收获百般称赞。那种扬扬得意，让我忘掉了过去。

现在，我已进入老年了。经历了污流冲闯、欲海沉浮；见多了尔虞我诈、弱肉强食；厌烦了伪装欺骗、翻云覆雨；受够了虚情假意、冷面冰言；我感到伤痕累累，疲倦不堪。什么名利地位，金盆银碗，都是化外之物，自己生命的宁静和舒展，才是根本的追求。我向往汉江，向往月河，向往那块原生地，那份真情怀，那个清纯的天光水色。

一条孤独的流浪老鱼，积极要回游。

水路迢迢关渡重重，能回得去吗？

且不管困难有多大，归心不改。

情真真、意切切。

老鱼，加劲。

汉江在望。

尽力吧。

游吧。

游。

2//汉水边的老镇

一条汉水是歌，它从陕南的秦岭山中发源，欢吟高唱三千里，在湖北汉口汇入长江，流进东海。

一条汉水是画，它描绘着两岸人民多彩的生活，报道着时代发展的痕迹，呈现出人类文明进步的图景。

天上有天汉，地上有汉水。汉族汉王朝，汉语汉文化，与这条江有着说不清的关系。

可如今，水流不断，江山易改。随着大型水电站的崛起，江畔古老的城镇有的被淹没，有的迁址新建。尽管比旧地气派多了，整齐多了，可那烟火味，陈旧感，土瓦绿苔，生活气息却难以唤回。

这时候，要回观汉水的身影，触摸历史的细节，就得到蜀河古镇。

一

古镇的岁数已经 1700 年了。

尽管曾经多次整容、修面，瘦身，但它的骨骼依旧很结实。

它的繁盛景象出现在明清时期。

那时，交通靠水运，这里是大码头，从汉口到长安，蜀河镇是中转站。一船一船的洋货从汉口起航，运到这儿上岸，然后骡马队再把货物运到长安去。回航的时候，则是满船的北方土特产。

江边有一条石板街道，叠坡而上，进入西城门，穿过千米长的中街，出东城门，山路蜿蜒伸向秦岭深处。

当时县里最大的骡马队，是商人张舟平的，拥有万只骡马骆驼。每次他们一上路，尾在江边，头已到邻县山阳。铃铛彻夜响，山歌不断唱，比过节还热闹。

我在蜀河镇听到一首名为《城里的大嫂下乡来》的民歌：

城里的大嫂下乡来，
看见了麦子说古怪：
乡下人真呆，
这么好的韭菜咋不割了卖？
城里的大嫂下乡来，

看见了骆驼说古怪：

架子那么大，颈脖子那么长，

两个奶头长在脊梁上。

城里的大嫂下乡来，

看见了小伙说古怪：

头戴红缨帽，脚穿镶边鞋

这么好的小伙咋能不搂在怀。

我相信，这是一位城里的少妇，偶然来到乡下，看到古镇周边的场景，随口即兴而唱出来的歌声。歌里面有植物、动物、人物、生理气息及内在的感情。

那时节，中街是通道，后街是旅店，有多少青年男女在这儿留宿，又发生了多少隐秘的情事。

一条石板街，迭印着数不清的痕迹。但越磨越光滑，越青亮。石头是古时最耐磨的材料，也是最具灵性的载体。要么，《红楼梦》叫“石头记”呢，还有那个齐天大圣孙悟空也是从石头里蹦出来的。

据说地球有磁场，能将发生的场景记录下来，若遇到合适的环境，有可能就会重播放映。

我们期待在某一天雨夜，能够邂逅奇迹。假若石板街道是一条长长的磁带，它播放出当时的录音，那该是多么嘈杂混乱、澎湃激昂的交响曲啊！

二

除了脚下的石板街，地面上的建筑，也是人类活动的最好见证。

街头的杨泗庙，是船工们集资修建起来的。当年，庙下的汉江河道里桅杆林立，百帆竞流，纤夫号子震天响，灯火彻夜明。为了保佑航行安全，船工们便把自己信奉敬仰的神——杨泗从南方搬到了这儿。每个船队经过，都会上岸来烧香磕头，以祭天灵，以壮我胆，然后继续前行。

杨泗庙是船帮会馆，典型的南方古建筑群落，门上一副对联这样写道："福德庇洵州，看庙宇巍峨，云飞雨卷岿屹立；威灵昭汉水，喜梯航顺利，浪静波平任遨游。"表明了筑庙人的心愿。庙后有朝阳古洞，庙前是历代洪水水文石刻。

杨泗庙中还有一块石碑，刻着清除船霸的告示，可见当年在民间，对贪污腐败黑社会等，自有约束的机制。

街中间的黄州馆，是清代黄州客商们修造。外地人把蜀河称为"钱窝"，商人也一窝一窝地集中到这里来。为了沟通信息，相互帮衬，需要有个喝茶议事的地方，黄州人便建起了这个会馆。大院里有唱戏的舞台，聚餐的厢房，为传统的宫殿式建筑。门上的一副对联是:“帝德兴和,想当年楚江声远,万古神功昭日月;帮历盛极,信此际秦西威镇,千秋俎豆祀馨香。”

黄州馆的墙上,有琉璃彩绘,游鱼形的铁钉,镶字的灰色大砖,建筑的细心和精致处处能体现出来。

街尾的清真寺,建于明代嘉靖年间。它高高居于半山上,依岩就势而雄立。爬上百步石台阶,抬头便见飞檐雕壁的寺门。进入院内,是正方形天井,前面三间对厅,后面是礼拜堂。最神奇的是寺后几棵古檀,浓荫如盖,树下有间小房子,从未开过门,也不知里边有什么秘密?

河对面还有三义庙和五指柏。

当年,蜀河镇上有八大商号,涉及运输、货栈、药材、日杂、旅店等各个行业。春节时点门灯,各地会写出自己的来处,便见江西、广西、湖南、湖北等地名。

邓家帮造船,潘家帮驾船,两股势力斗争了好多年,最后都衰败了。

还有李逢高的船队,最大的达 40 吨,为安康市的老大。

旬阳县电报局,1910 年建于蜀河,德国设备,官印型造房,也是安康市第一家现代通讯设施。

当年“哈德门”烟的广告,印在石墙上,还依稀可见。

由私塾发展起来的城南书院,曾为本地培养了很多人才。

第一辆嘎斯汽车，1954 年从船上运到蜀河，于是就修了去双河镇的公路。

老墙不语，风尘满面。

石头的纹路就是皱褶。

三

其实，最有意思的，还数陕南老民居。

蜀河镇上的几十条小巷里，坐落着百余个小院子。现在已标牌需要保护的，就有 102 户。它们不处在一块大的平地上，而是建在陡起的半坡上，各自为平台。巷道是石台阶，上上下下。你弯腰往上爬，眼看到顶了，拐弯处突然会出现一个院子。进门去，房前一块小平地，房后就靠着岩壁了。还有的前院一个平台，上几步台阶，到后院又是一个平台，递次升高，各呈方正。这样的建筑格局，是因山区坡地所决定的，但也显现了一种生活的技能和方式。

院墙是石块垒起来的，取材于本地，结实又实惠。院子里收拾得很干净，大多植有花草，雕着图案的圆石墩上，沁出绿苔，说明日晒雨淋太久了。

老屋里的布置虽然很简陋，但整齐。厨房中光线比较暗，可那些瓢、铲、毛巾、刷子等用具都一一挂在墙壁上，显示出女主人的心细爱美。

年轻人出门闯世界，守院子的多是老人。他们都很热情，只要你进去，就会让座端茶。聊起本家的旧事，他们神采奕奕，脸上常常泛出自得之意。一看就是从大世面中过来的，没有小家子的拘泥。

蜀河镇上的老人，多与水上生活有关。他们的祖先，很多是船工、纤夫，从外地来到这儿，娶妻生子，留下来的。

有一户人家，父亲撑船运货，母亲在船上做饭，兄弟姐妹 7 人，都在船舱里受孕、出生，来到人世间的第一眼看到的就是滚滚江水，听到的是船工号子。

蜀河镇的后代，非常依恋这片故土。有些人在外地工作，老房子空着，每年只收 2000 元便宜的租金，但绝不出卖，根要留住。

这个藏在秦巴山间的小镇，明清之后，随着公路铁路的发展，水运终止，逐渐冷落下去。多半个世纪后，又突然被外界所关注。现在，时有探访者出现在街上，但它的生活原态并未受到影响。

有些个小镇偏僻冷清，人烟渐少，经过许多的修整和宣传，才又热闹起来。而蜀河镇内在的繁华气息似乎从未逝去，根本原因是老居民依然恋巢，视它为福地。

每年正月的元宵节之夜，居民们会自发地玩起“疙瘩龙”。红白喜事的酒席宴上，传统的“八大件”必不可少。

四

古镇最为骄傲的，是老树和老人。

在蜀河镇漫步，经常能看到千年的皂角树、栎子树、黄檀木……它们随处生发，有些就长在石头缝里，生命力很长。

老树是屹立的路标，老人是移动的品牌。

在黄州馆门前，我遇到了杨柳青老人。她在人世间已经度过了 95 个春秋，但依然身板硬朗，风姿照人。不高不矮的个头，不胖不瘦的模样；手握白手绢，脚穿绣花鞋；穿戴干净整洁，脸上笑容微露。

镇干部介绍说："这是我们镇上的老寿星。"

我上前打招呼："老人家，你年轻时一定是个美女，万人迷。"

老人摇摇头，伸出一个小手指，谦虚地说："不是啊。你夸奖了。"

"听说你常到镇政府去，与干部聊天？"

"莫事嘛，到处走走。"

"还听说你常打麻将呢。"

"你玩吗，我陪你。"

老人风趣的话，自信的态度，惹得众人都喜笑颜开。

这时旁边的街邻告诉我，老人领养的儿子曹贵喜，几天前去世了。

可是我们从杨柳青的脸上，一点也看不出悲伤。

提起这事，她说:“喜娃走了，我用自己攒的两万元，给他办了个圆满的丧事，比我走时还热闹。”

老人很健谈，你提起个话头，她就会告诉你很多。在随意的交谈中，我知道了她过去的生活经历。

杨柳青是个苦命人，从外地嫁到蜀河镇，跟着做木匠的丈夫过日子。自己的亲生儿子，在 4 岁时患了霍乱病，没有救活。那一年是流行病的大灾难，伤兵成堆睡在地上，没法治。第二年，有个讨饭的年轻妇女，带着 3 岁的儿子来到蜀河，生活无着，极其困难，她看不下去，就将那孩子领养了。在她 50 岁时，丈夫也患病离世了，此后她便独自带着孩子生活。她女红手艺非常好，缝制衣服，纳绣花鞋，做床单被罩，供不应求，因而除了母子俩吃喝，还能积攒些钱来。如今，养子也走了，她用尽积蓄安葬了孩子，然后继续人生路。

望着杨柳青老人，我不由得想起了石缝里那些挺拔的老树。

杨柳青是孤寡老人，现在由政府给她生活费，有干部常来照看她。

她说她已经很满意了。可能她的人生中很少抱怨过生活的曲折吧。一切都是命，一切逆来顺受，总是坚忍不拔，老天也不愿意夺走她的青春。

老人还要去办事，我们就此告别。后来，我特意找到了沈家楼巷 9 号，那是杨柳青的住处。只见老房子前的院坝上，打扫得干干净净，并且鲜花盈门。楼上的窗口，一只老花猫安静地卧在那儿，不惊不诧地注视着匆匆过往的行人。

在西门外的冻绿碥巷，我看到另一位名叫张达贤的老人，同样 90 出头了，拿着扫帚扫院子。发现有人照相，她会腿脚麻利地躲进屋里去。

在乾益巷 38 号，还有一位叫王新发的老人，也有 93 岁了，与 85 岁的妻子生活在一起。虽然视力不太好，但精神头儿不错。

我在蜀河镇上随意行走，仅仅半天时间，就遇到了三位年逾 90 的老人，可见长寿的概率不低。

五

清晨，在蜀河镇上，常会看到有老年人用铝壶从远处提水回来。

这水是从镇外黑沟古井里提来的，他们在家里烧开，然后泡杯茶，坐在门口的竹椅上一边晒太阳，一边品茗。

这份悠然自得，让人羡慕。

那个古井可是神泉哩。没通自来水前，全镇人都吃着黑沟古井里的水。那时，竹扁担挑水桶忽悠忽悠来来去去，是每天都上演的风景。

黑沟古井的水从石缝里渗出来，清亮透明，矿物质丰富。这井很奇怪，天再旱都不受影响，水源不断。前面排队的人舀干了，后面的人稍等片刻，水就又出来了。天再涝不浑不涨，平静如昨。

尽管现在家家都有水龙头，但很多人仍然要去黑沟古井提水。

古井的水好，这是毫无疑义的。

同时这也是一种习惯，一种需要，一种心态，一种生活节奏。

于是我明白了，古风、心态、节奏、一方水土，是蜀河古镇的风韵所在。

我们在汉水边的这个老镇上受到的启发，应该还有很多。

3 山默水响

陕南的汉江故道——月河谷地，是大山中比较富裕的地带。

南秦岭绵延到这儿，已至边缘，坡度平缓，丘陵起伏。很多年前，汉江改道南移，甩下了这片狭长的河谷。

在俊莽的秦巴山区，这儿便是所谓的米粮仓了。

这片谷地上，出现了两个让我敬仰的艺术大师。

一个是沈尹默，一个是陈少默。

他们是诗人、教授、学者、书法家。

他们名字的最后一字都是“默”。

在他们身上，我看到了陕南人宁静、聪慧、坚韧、沉稳、包容、旷达的个性。

一

1883 年 6 月 11 日，陕西省兴安府汉阴厅（今安康市汉阴县）的老街上，一个男孩呱呱落地了，他就是沈尹默。

其父沈祖颐在汉阴做官，据史料记载，任内清廉正直，兴学育才，造福一方，口碑甚好。

尹默小时候，由一个年逾七旬的李老师教他读书，这位老秀才爱吟个四言八句，于是尹默从小就接受了古典诗词的熏陶。再大一些，私塾的吴老先生偏好书法，对尹默的临帖习字有严格要求。

尹默的父亲本身也是诗词、书法的爱好者，这些都对小尹默产生了影响，他在 14 岁之前，已把《红楼梦》连读数遍。还看了袁枚的小仓山房著作，并将李白、杜甫、白居易诸唐人的诗选，也熟读得滚瓜流水。

尹默除读书之外，还热爱山水自然。汉阴是个历史悠久的古城，城内有明清时的文庙、社学、钟楼、祖师殿、文峰塔、各省会馆等，城郭完整，有比较浓厚的文化气息。尹默常在市井间穿行，与伙伴们游赏自乐。每当春秋佳日，还与兄弟姊妹，或翻凤凰山过汉江，前往定远同游，或越秦岭沿子午古道至西安造访师友。

他早年有诗歌曰："山城既多暇，况富少年情，理乱怀未营，举家歌太平。"

尹默最爱吃当地的糯米汤圆，这个爱好保持良久。

在陕南生活了 20 年，这里的自然环境和生活习俗，滋养了他的血脉，丰润了他的性情，笃实了他的人生起步。

二

31 年后，1914 年 6 月 6 日，陈少默出生。

陈少默的老家，是陕西省安康县大同乡（古名王彪店），与沈尹默的出生地相距不足百里，一个在月河谷地的头部，一个在月河谷地的腰间。

陈少默的祖辈属耕读传业，小康之家。当时，安康地方种桑养蚕、盛产丝绸，运到西安外销。其祖父陈声德就兼营丝绸商行，他们把群众手中的绸缎集中起来，组织人力及骡队通过汉江支流的小路北上，然后翻越秦岭，挑到山外的省城去出售，赚些辛苦钱。其父陈树藩从小比较好动，活泼，后来就读了陕西陆军小学，学习勤奋，颇受队长和各教官的嘉勉。接着又进入保定士官学校炮兵系学习，毕业后被分配到陕西陆军混成旅炮兵营当排长，因缘加入同盟会，参加西安起义，在动荡中凭一腔热血、豪侠仗义，一步一步升起来，最后做到陕西督军兼省长，算一省之王了。

陈树藩虽系军阀，但重视教育，他出资在家乡建小学，在西安建中学。1920 年，燕京大学扩建校舍，美国牧师司徒雷登来西安找到陈树藩，准备了重金要买下他在北平为父亲购置的肄勤农园。陈树藩听说是建大学，决定把自家的园区捐赠出来，只是提了三个要求：一是在燕大立碑纪念捐献园区的家父；二是承认西安的承德中学为燕大的附属中学；三是承德中学有权每年保送 50 名毕业生到燕大上学，一律享受免费待遇。司徒雷登大喜过望，举杯同庆，燕京大学顺利扩建。

这些崇文重教的举动，给后世留下美谈。

当时，陈少默才 6 岁，刚开始上学。他出生在陕西蒲城县，那里曾是父亲的临时任职地。

但陈少默从来都标明自己是安康人，并且对老家故里的挂念，一往情深。

三

1903 年，沈尹默全家离开汉阴，迁居西安。

1905 年，沈尹默与其三弟沈兼士，自费前往日本求学。

1907 年，沈尹默在杭州高等学校、杭州第一中学教书，认识了柳亚子、陈独秀、马一浮、苏曼殊、章士钊、周树人、沈钧儒等文友，进入文学圈子。

1913 年，沈尹默到北京大学教预科中国历史，第二年任中文系教授。1918 年，《新青年》杂志成立编委会，由陈独秀、李大钊、钱玄同、胡适、沈尹默、高一涵等北大六教授轮流主编，介绍新思想，提倡白话诗文，从此，吹响了新文化运动的号角。无疑，沈尹默是这场影响中国历史的文化运动的主将之一。

当时，沈尹默为《新青年》写了白话诗“人力车夫”：

日光淡淡，白云悠悠，风吹薄冰，河水不流。

出门去，雇人力车。街上行人，往来很多，车马纷纷，不知干些什么？

人力车上人，个个穿棉衣，个个袖手望，还觉得风吹来，身上冷不过。

车夫单衣已破，他却汗珠颗颗往下堕。

还有“三弦”等诗，表现了社会底层人的现实生活场景，成为白话诗的最初呈现。

尽管沈尹默走上诗坛很早，后来还担任过河北省教育厅长、北大校长等要职，但他一生中最大的成就，最为人称道的，还是书法艺术。

早年时，沈尹默临习馆阁体，染上末流的俗气，陈独秀批评他的字“其俗在骨”。于是他以此自警，坚摒帖学不取，一心一意取法魏碑，得到长足进步。

沈尹默对待艺术的态度极其认真，写字时注意力很集中，不爱高谈阔论，说话分神。写者是享受，观者也是享受，他的学生张充和回忆说：“我由青木关进城，总去陶园看尹师写字，如果写屏对时为他拉纸，是无比的享受，虽然站在对面，字是倒看的，只见笔尖在纸上舞动着，竟像是个舞者，一个字是小舞台，一篇字是大舞台，舞台的画面与动态，都达到和谐之美的极境。运笔时四面八方，抑扬顿挫，急缓提按都是音乐的节奏，虽然是看得我眼花缭乱，却于节奏中得到恬静。我在叹赏之余，忽想到我本是来请教的，如何却沉酣在欣赏中而不学习呢。这以后才用心看他执笔与运笔，他又教我掌竖腕平法，初学时臂肌酸痛，月余后便觉自由了。尹师又书写五字执笔法给我……”

50 岁后，沈尹默个人艺术风格走向成熟，形成了精致雅健、清新活泼的风格。书界称其艺术成就：“超越元、明、清，直入宋四家而无愧。”

沈尹默充分吸收了米芾行书的真髓，达到中国现代书法的最高层次。

四

1931 年秋，陈少默考入天津南开中学。1936 年秋，他进入燕京大学新闻系学习。不久，抗日战争爆发，北平数所大学迁至内地，并与西安的西北大学等高校合并，成立了历史上著名的西北联大，设在陕西汉中城固县古路坝。

陈少默从西北联大国文系毕业，1940 年应聘到陕西省银行文书科工作。4 年后因病请假，停薪留职在家疗养。时间多了，研究文物书画的兴趣也日益增浓。

斗转星移，新中国成立。1950 年 5 月，西北军政委员会文化部文物处挂牌，应处长著名画家赵望云之邀，陈少默前去任职。

后机构调整，西北大学解散，他到西安建筑学院任教。1956 年 6 月，他又调任西安仪器制造学校（今西安工业大学）国文教师兼学科主任。1958 年夏，他被打成右派发配到铜川市崔家沟煤矿劳动教养。1962 年春，劳动教养解除，返回西安，赋闲在家。没事可干，便加强书画练习以打发时间，沉浸于古典诗词之中而寄情抒怀。在一种特殊的状态下，艺术水平提高很快。

1972 年，中日建交，来西安参观的日本书法代表团与日俱增，为顺应社会交流的需求，西安市文物局将陈少默作为古城书画文物鉴定专家，借调到小雁塔文管所，一边接待日本书法代表团，一边整理文管所的善本书籍及书画文物。陈少默因学识渊博，在书法、篆刻、诗词、古字画及文物鉴赏方面，皆有很深的造诣，知名度在社会上传播开来，前来游学求教者日增。

1980 年 5 月，陈少默加入中国书法家协会。9 月，陕西省书法家协会成立，他当选为副主席。1985 年 12 月，历史问题得到平反，恢复公职，72 岁的他办理了退休手续。

陈少默在艺术上追求不止，晚年变法，蔚成大观。他以鸡毫做书，笔趣横生。他突破传统，行草入隶。84 岁以后，其隶书似隶似行，篆味，行意，草趣，笔笔自然，字字耐嚼，形成独特风格，并且诗书合一，珠联璧合，做到了真正的“书为心画”。

当代书坛上的“陈隶”，是对中国书体的重大突破与创新。

五

新中国成立后，陈毅担任上海市市长，他拜访的第一位民主人士，就是沈尹默。

沈尹默是第一届上海市人民政府委员，是周总理任命的中央文史馆副馆长，他亲自创建了新中国成立后第一个书法组织——上海市中国书法篆刻研究会。1959 年，沈尹默到北京参加第二届全国人大会议和政协第三届全国委员会第一次会议，其间，毛泽东接见各民主党派和无党派民主人士，他走到沈尹默面前亲切握手，称赞说："你的工作很有成绩，人民感谢你。"沈尹默做了回答。主席又说："听你的口音，不像浙江话嘛？"沈尹默说："我早年生活在陕南，带着那儿的腔调。"

有一次，周总理到上海，要接见沈尹默。尹默一进门，周总理上前去迎接，沈尹默因眼睛深度近视，又患白内障，看不清面前人的面貌，误以为是接待人员，便将穿在身上的大衣脱下，随手交给周总理。周总理接过大衣，挂在衣架上。交谈之时，沈尹默方才发觉为他挂大衣的就是周恩来总理。

1971 年 6 月 1 日，沈尹默因病于上海去世，享年 88 岁。

30 多年后，2003 年 12 月，三沈纪念馆在汉阴县城兴建。沈尹默的生平事迹，在他童年生活过的地方得到展示。前来参观的后辈学子，络绎不绝。

六

陈少默一生沉迷于金石藏鉴及诗词吟诵，淡泊名利，以谦和质朴的人品成为享誉长安古城的一代宗师。

20 世纪 80 年代末，他主动辞去省书协副主席一职。作为长安书法大家，他没有举办过个人书法展，也没有出版过书法专集。其实，后来的学子们早想为他办个展、出集子，他都婉言谢绝。并声明：“我活在世一天，绝不出个人专册。”

他拒绝新闻媒体的宣传报道，生前仅有一次上电视，那是家乡安康地方电视台，请他为乡亲们说几句话。

《中国书法》杂志曾派记者来西安采访他，他说：你不要宣传老汉了，我送你一幅字吧。

安康博物馆请他题写馆名，然后送来了润笔费，他拒不接受，原封退回。

他曾数次回老家乡村去探访亲友，但都是悄悄来去，不惊动当地政府。

他极少到社会上去登台讲学，充当人师。

他不愿参加所谓的书画活动，当众表演。

什么位置、讲究、排场，在他面前皆为虚无。

但他去世之前，一直在读书学习、挥毫写字。

2006 年 5 月 27 日，陈少默走完了他的人生之路，享年 92 岁。

追悼会上，有上千名群众赶来为他送行。尤其是一批爱好书法的青年学生，拉着两道长长的白色挽联，悲泣成阵。

一年后，他的故乡安康学院为他建立了“陈少默纪念馆”。

他曾供职的西安工业大学也建立了“陈少默书法艺术馆”。

他的个展、专集也陆续问世，受到欢迎。

当然，这都是后人所为了。

七

纵观沈尹默与陈少默的生平，他们有很多共同点：比如在权贵面前的从容、在世俗面前的淡泊，在艺术品位上的追求，等等。这些特性，犹如家乡的秦岭大山，沉默而屹耸。

但是，他们的人品、艺品、声誉，却自然而然地渐渐引起关注，受人追随。也如秦岭下的汉江之水，流传弥久。

青山默立涛声远。

这是一种风景、一种境界、一种意象。

山默水响，天意于斯。

4 江畔那株君子兰

一

窗外，烟雨朦胧，昨夜还飘了小雪花。每到元宵节前后，天气总是有些凄凉，仿佛是一种约定。

室内，灯火明亮，我打开了房内所有的光源。我在细心地整理图书，好像与一位位老友纷纷握手。

前不久，刚搬了书房，所有的书籍，从另处运来，需要一本一本归纳上架。这也给了我，再次亲近“老友”的机会。

我把一套“紫香槐散文丛书”，集中放在一排。它们共有 39 本，长长一列，开本大小一致，设计相同，色彩接近，因此显得很整齐。

这是前几年，由散文研究所统筹策划的一套丛书，它的起萌、组稿、主编、设计都由我亲手所为。看着自己打扮的产品问世，那感情是不一样的。

从书的作者，基本上是以青年作家为主，很多系他们的处女著。现在，我们都是好朋友了。一本书就是一只船，盛载着友谊和温暖。

我的目光停滞了一下，这其中，《北上列车》的作者刘汉君，已经离开了我们。她去了另一个世界，那边，不知有没有文学，有没有书籍？如果没有，她该是多么寂寞、多么失望！

我燃起一炷香，在窗前坐下，让这位文学女子的身影，重回心幕。

二

那是2007年的秋天，我去陕南石泉小城办事。县作协主席胡树勇带我游览了汉水边的县城老街、后柳古镇等地方，又介绍了本县的风土民情及文学创作状况。我得知，当地有一批文学爱好者写作热情很高，作品不断。

在胡树勇的办公室，我浏览了他们办的网站和出版物，感到一阵惊喜。小城里竟有这么多我的文学同道，该是让人振奋的事情呐。

这时，刘汉君的照片、简介、代表作出现在我眼前，读了之后，觉得她的文字基础不错，特别是一段自白“文学是我的终生伴侣，是灵魂的一面镜子，是我生活的老师。在我最困惑的时候给我以启迪，在困难时给我人生支撑。它让我看到社会律动的音符。作家的使命是为读者提供精神食粮。作为石泉一名‘小’作家，我愿为石泉百花园努力耕耘播种”，使我对这位陕南女子刮目相看。

她是县作协的副秘书长，我对胡主席说，能否约出来和她聊聊？胡主席说，那没问题，这是学习的机会。言毕拿起电话，拨了号码，接通之后，用本地方言说了一阵，然后放下电话，告诉我，人在南方。刘汉君经常自费到外地去会见文学朋友和老师，很勤奋的。

后来我得知，刘汉君以文学创作为终生追求目标，她曾结过一次婚，但很快就离了，如今孑然一身，只对文学活动有兴趣。

婚姻家庭是个人之事，怎么处理对待都无可非议。但她对文学的热爱和执着，却让我肃然起敬。

我回西安几天后，突然接到刘汉君的电话，说她从南方回来了，经过西安，便向胡主席要了我的号码，想约见一次。

那天下午，我们在南郊一个小餐馆认识了，她与妹妹一起来的，她的弟妹，在西安上班。

交谈不多，毕竟初次见面，更多的是互相观察了解。她30多岁，上中等身材，高额头、大眼睛，稍胖但匀称，可谓朗秀。她坐在那儿，稍显淡漠地注视着别人，透出一股潜在的高冷，看来是一个不会伪装热情的人。

后来，她从电脑上发稿子过来让我看，我读后提出意见回复她。其中有一篇《外婆的月亮湾》，编发在我主编的《散文视野》杂志上。

三

2008 年夏天，刘汉君来我的工作室，那天，日光明媚，她绿衣白裤，清爽自然，怀抱一株鲜艳的君子兰，算是礼物。

我泡了茶，就坐在工作室里，闻着花香聊起来。我发现其实只要人熟话对，她是很健谈的。她回忆故乡月亮湾的童年趣事，缅怀外婆的仁慈厚爱，还有乡亲邻里的许多传说……谈到高兴时，她的脸上泛起天真的笑容。我说好啊好啊，这些都是创作的可贵素材，建议她多读读萧红的《呼兰河传》。她说这些故事自己将来都要写的，写一部长作品。我说那你快点写，等着拜读。

中午，请她吃了便饭。

临走时，挑了一堆文学书籍送给她。

至此，我对刘汉君有了进一步的了解。

四

2009 年 5 月，我与莫伸、子雍等人，应石泉县政府邀请，去参加当地的旅游文化节。

欢迎会很热闹，文人墨客在一起，总是高谈阔论，烟酒飘香。

本县的文艺家也参加了活动，我又见到了刘汉君。在人多的地方，她总是沉默以对，很少开口。

晚上，宴会之后，时间尚早，汉君走过来对我说：到我那儿看看吧。

我们离开水库大坝里的宾馆，乘坐一辆载人的三轮车，经过10多分钟的颠簸，来到她的居所。

这是一套小房间，50多平方米，位于古城老街内禹王庙旁的三楼上。一室一厅，家具陈旧，电视机也是老式的。就她一个人住，显得零乱，主人似乎对环境无意收拾，任它松散。汉君说，她住的是母亲的老房子，就这样了。

房间虽旧，但位置不错。楼下就是老街，能听到市民聊着家常经过。几步外就是南城门，出了城门可见大江清流。她没事的时候，就去汉江边散步，喜欢这样的环境。

她的阳台上有一株君子兰，为灰色的老街平添了一份艳丽。

她谈古城老街的见闻，谈文学理想，谈对外婆的思念。但有一点我比较纳闷，她为啥很少提及父母亲，至今是个谜。

夜色里，我乘上返回宾馆的出租车。她站在老街上，灯光把花裙子照洒得斑驳陆离。一阵冷风吹过，我的心头涌上寒意。

五

2010年，我在“紫香槐散文丛书”的策划中，列入了刘汉君的名字。

她很高兴，很认真，先寄来了打印稿，不久又寄来修改稿和补充稿，定书名为《北上列车》。热爱文学创作的人，能够正式出版自己的第一本著作，当然是喜悦的也是慎重的。

10月19日，刘汉君给我打电话，询问出版进度。我告诉她，书稿已排出三校，需要作者再看一下，并签字付印。汉君说那请你送过来，我问你在哪儿？她说我在省医院住院看病。

第二天，我按照她说的房号，来到住院病房。她的精神很好，不显丝毫病态，笑着说只是肺上不舒服，检查一下。

《北上列车》小16开本，216页，收录30篇文章。她看了校样很满意，在上面签了名字。

走出病房，汉君的弟弟送我到楼梯口，悄声说，姐姐是肺癌。一个月前肺出血，转了几家医院才止住，现在进行第二次化疗，已经花了10万元，根本不够，还得借钱。

我安慰说，让她好好休息不要紧，人都会生病嘛，会有治好的一天。

回到办公室，我却犯了难。这套丛书，由散文研究所出面与出版社协商，安排一个书号，但可以正式出版 7 到 10 册散文集。不过，书的印数多少则由作者自己定，印刷成本费需作者自己解决。刘汉君现在这个状况，还能拿钱出来印书吗？但是，她又迫切希望看到自己的著作出版，怎么办？

我打电话叫来印刷厂的韩厂长，把实情告诉了他。韩厂长为人正直，爽快，也是热爱文化的企业家，说，你是主编，你说怎么办就怎么办。我说，那这样，平常咱们的书都是最少 1000 册起印，这本书就少印点儿，少花点儿钱，主要是为了给作者一个交代，印刷费控制在一万元之内，由我垫付。

韩厂长说，没问题，我安排开印。

六

2011 年春节之后，《北上列车》装订完毕，正式出厂。3 月初，我把样书送到医院。

刘汉君精神仍然很好，将书翻来翻去地看了几遍，连说谢谢。又问起印刷费用的事，说给印刷厂先欠着，等我出院了，把书卖掉，就还他们。我说你别管了，有我负责，你安心养病吧。

我因有事，没聊多久，就站起来告辞了，她下床来，送我到门口，有点依依不舍。

后来，我又去过一次，给她送些看的书。人多，没停留，只知道她已承受过 7 次化疗了。

年底，听人说，汉君走了，是 12 月 5 日，按照她的意愿，没有通知任何人，从医院直接去了火葬场。

我顿时失语，沉坐半晌，不知所措。我在内心谴责自己，早知如此，应该多去医院陪她说说话啊。

我晓得她是一个争强爱美的女子，不愿意让大家看到她最后的面容。

不过我太天真，太相信善良和美好，总觉得病魔不会带走她。

但实事是，一个正值青春年华的优秀女人，就这样消失了。

稍稍有些安慰的是，经过我的努力，终于让她生前看到了自己新书的出版。

七

此刻，我抽出《北上列车》翻开来，在“她像一片云”一文的开头，看到这样几行文字：

“她离我而去，悄悄地走了，啥时走的，是一个人走的还是有谁伴行，是离开这座小城还是出去散心，我一概不知。她没有告诉我。我什么都不知道。

“曾记得，她说，她没有家的感觉，听这话，我没有在意，家是什么？我也说不清楚，是孩子心里的家，还是父母心里的家，还是孤独在外的独行侠心里的家，还是没有爱没有归宿者心里的家？我不知道。我只知道，我好像也没有家。我指的是人的精神的家，不是现实中的故土，更不是归心似箭的旅人的家。

“她去了，这个小城便顿时少了些什么。她的身影，她的秀发，她的美眸，她的倩容，她的温柔，她的歌声，她的舞姿，她的一颦一笑。”

刘汉君写的是别人，还是自己？这难道是一个预言？

幸亏她留下了这本书，才让朋友、让读者捕捉到她曾经的存在和思想。

一本书，就是一个永不消失的灵魂。

我感谢文学，它给了我们灵魂再现的方式。

我把目光投向远方，感觉中，汉水边那株君子兰，依然盛开……

5∥五下蜀河滋味长

汉水边上有我的故乡。

蜀河是汉水的支流。

在蜀河与汉水交汇的地方，坐落着蜀河古镇。

到了蜀河镇，我仿佛回到了童年。

1999 年春天，我第一次到蜀河镇。那次是考察汉江，先后去紫阳的高桥镇看了乡村廊桥，在旬阳县城攀登了灵崖寺。到蜀河镇，已是傍晚，住在江边一个叫“夜明珠”的小旅店，老板娘给做的豆腐干炒腊肉。豆腐干是挂在灶头上，用炊烟熏出来的，黄亮沁油；腊肉是挂在房檐下，经过了一年的日晒夜露，精瘦耐嚼；经柴火铁锅焖炒出来，调进蒜苗、酸豇豆等，那滋味啊，说起来我就满口生香，没齿难忘。

第二天上午，我去镇上观光，蜀河镇的石板巷道、坡地院落连片成阵，让人称奇。我老家西路坝上的王彪店小镇，虽也有一排老房子，但短小多了，简单多了，并且逐年减少，正在被新厦替代。蜀河镇上的各种店铺，杂货小吃，居民生态，让我仿佛回到了逝去许久的童年光景。

当时，镇街上的古建筑“杨泗庙”和“黄州馆”都大门紧闭，铁锁高挂，无人问津。我通过小旅店的主人找到他们的熟人，才得以开锁进去。杨泗庙里是停产的地毯厂，蛛网罗布，尘灰飞扬，只有一个门楼昂然屹立，但砖墙残断。我去旧庙的背后看了石碑，拍了照片，然后悄悄退出来。留下一行脚印，带走几片风景。黄州馆里是粮食仓库，很高的屋顶，很厚的墙壁，飘散着一股粮食的霉味儿。好一个“鸣盛楼”，雕梁画栋，舞台宽阔，楼顶一边是悬龙，一边是飞凤，相映生辉。可惜的是，悬龙没了尾，飞凤掉了一个翅膀，都摇摇欲坠……

我又去看了清真寺、三义庙。老居民告诉我一个过去的顺口溜：“杨泗庙一枝花，黄州馆赛过它，三义庙矮扑塌，火神庙红疙瘩。”描述了几大古建筑的特色盛景。但是，博彩已经消褪，只留下灰色的印痕。

回到西安，我写了《蜀河古镇》一文，首先发在“古城热线”网站论坛的“游山玩水”栏目中，介绍了古镇的简况和本人的观感。那时，自助旅游已兴起，网友们得到信息，便乘火车、汽车，或自驾车奔赴陕南。后来，这篇文章又发在全国公开发行的、文化旅游性的刊物《丝绸之路》上，被外地更多的读者所看到。

我没有其他想法，就是要把留在自己脑海中的回味表现出来。这是一个作家的爱好和禀性。

2004 年秋天，我第二次到蜀河镇。那次是北京的一家出版公司约我写一本《陕西古镇书》，要求文章中必须配彩色图片，还要有乘车路线、方式、票价、食宿信息等。我从西安搭上长途汽车，一站一站的，走了丹凤旧城龙驹寨，鄂陕边界白浪街，山阳古镇漫川关，然后经湖北转到白河县的桥儿沟，再到蜀河镇。

这次是走马观花，让闲置很久的照相机过足瘾。我中午到蜀河镇，又累又渴，便坐在街头一个小饭馆里，喝了一碗豆瓣稀饭，又喝了一碗洋芋拌汤，顿时肠胃爽快、精神抖擞，上街去按需要拍了相关外景照片，然后到车站，买票接着旅行。

旅行是辛苦的，但也是快乐的。

稀饭小菜一直是我生活中喜欢的主食。这是在童年养成的习惯。

蜀河镇的豆瓣稀饭和洋芋拌汤，那真是人间美味。

2007 年夏天，我第三次到蜀河镇。这次不是孤身一人了，而是浩浩荡荡。中国散文研究所搞“太极城笔会”，从北京请来了王宗仁先生，陈亚军女士，还有西安的孔明、庞进、杨莹、新民、王春、飞翔、李梅、田超、董雯诸君，热热闹闹地参观了太极城、红军乡、蜀河镇、西沟等风景地。

在座谈会上，我就蜀河镇的保护问题，发表了写给县委马书记的一封公开信，谈了自己的认识和看法。我觉得，此事纯靠民间力量不行，还得政府出面。县委书记很重视，把这封公开信，发在了政府网站上，各个机构各级干部都能看到。

那一次，我们学会了一首民歌“兰草花”。在参观的路途上，在返回西安的火车上，大家不断地练唱，歌声中那种山野气息、纯真情感、悠扬格调让人回味无穷。

2011 年夏天，我第 4 次到蜀河镇。这次是参加“旬阳太极城散文学会”成立大会和“中国散文网旬阳创作基地”挂牌仪式，会后上羊山采风，晚宿蜀河镇。我看到，街上的老民居已被编了号，由县人民政府挂了“重点历史保护建筑”的牌子。杨泗庙的里外清扫得干干净净，站在楼台上观汉水清流，心旷神怡。黄州馆戏楼上的悬龙和飞凤已得到修复，神采飞扬，鼓舞人心。

晚上，大家围在八仙桌上，品尝了著名的“蜀河八大件”。还有羊肉泡馍，就着甜浸蒜，吃得满头大汗。

饭后去江边散步，吹着悠悠河风，听打鱼人哼唱民间小调，都觉得这是一个休闲养神的好地方。

2013 年夏天，我第 5 次到蜀河镇。这次，是为编一本书而来的。蜀河古镇已被列为陕西历史文化名镇，陕西最美丽的小镇，准备申报中国历史文化名镇。但是，关于古镇的文字材料很少，需要发掘。江山还需文人捧，酒好也要勤叫卖，于是，镇政府和散文学会商量，弄一本以文字为主的书。当然，这是一种宣传手段，一种有意为之。但对我来说，宣传蜀河古镇早就是一种自觉行为。五下蜀河，绝非功利用，全是因为它的滋味让我流连忘返。

现在，这本书已摆在读者面前。关于蜀河古镇的滋味，需要各位自已来感觉和品尝。我们做的事，说好像是为餐馆写了一个醒目的招牌，但是饭菜的味道呢，你得进馆入座，沽酒点菜，以解其馋、其瘾、其醉、其乐。

6 正阳的温暖

中秋节放假期间，我去了陕南。

晓群早就告诉我，在大巴山深处的平利县正阳镇，有个龙洞河，瀑布非常漂亮。还有高山草甸，都是摄影的好地方。

我们早晨从安康城里出发，晓群驾车平稳仔细，凡是遇到有风景的地方，诸如吊桥、老树、土屋、劳动的山民等等，就停下车来拍照。乡间的一切自然，在艺术家眼中都有其新鲜的特性。

县道在洛河镇中止，再往前走就是乡村级公路了。坡度较大，路面狭窄，让人很担心前方来车错不过去。幸好车辆很少，山谷中景色优美，峰峦俊秀，流溪涓涓，飞鸟翩翩，倒也让人目有所注。过午许久，肚子咕咕叫，才到八仙镇，终于吃上了非常可口的鸡蛋饼烩菜，然后转向西南方向，钻进山沟。

傍晚时分，抵达目的地正阳镇。这是大山腰间的一个袖珍小镇，一条街道，几十户人家排在两旁，外边的行人很少。

车在一个两层楼房前停下，晓群冲里面喊道:“铃子，我们来了。”

“是晓哥啊，等你们好久了。”随着清脆的声音，一个苗条的身影从房里跳出来。

“这是陈老师。”晓群做了介绍。

“老师好，请进里面。”玲子招呼。

在路上时，晓群就说了，今晚咱们住在一户农家，但还干净卫生，我以前住过的，尽可以放心。

进了院子，我观察了一下，这户人家房子不少，前边临街道的三间门面房，一间开着个小杂货商店，另两间是客厅，还支着反光伞，挂着背景布等照相设备。院子的后边是厨房、厕所、杂物间。二层楼上是客房，能住十几个人。

我被安排在靠里边的单间，只有一张大床。其他房间里支着两张铺，或四张铺不等。玲子带我进来，说:“棉被是新的，中午我在太阳下晒了，一点也不潮湿。”

这时，我近看了一下玲子，她三十来岁，中等身材，胖瘦适中，一双丹凤眼温柔有神，说话声音虽然不高，但清晰悦耳。交谈中，知道她有个孩子，在读小学。问及老公做何事，答曰:“能不说吗？”哈哈，俏皮、巧妙，留下悬念。

反正平日就玲子一人在家，卖着零星小杂货，为山里人们拍些身份证件照片等等，轻松随意也有了经济来源。电脑、上网、QQ、微信，她都熟练，在小镇上，这是个有现代意识的女人。

“你很能干啊。”

“混日子呗。”

“照相馆开了几年？”

“才开不久。我技术不行，只会简单地照个头相。老师们的那些艺术摄影，水平才高呢。”

“摄影技术不复杂，可以去学习。”

“是啊，以后是要去城里专门学学。”

“来正阳的人多吗？”

“过去很少，现在开发旅游，假日来的人慢慢多了。”

门外的汽车喇叭响起来，又有几辆小车到达，这是岚皋县城的朋友，赶来加入我们的正阳之旅。

大家一起去正阳山庄喝酒、吃晚餐，然后又回到住处。时间尚早，于是围坐在小院里，搞起临时联欢，有人吹口琴，有人拉二胡，有人唱歌。我推辞不脱，就献唱了一首从旬阳蜀河镇听来的民歌《城里的大嫂下乡来》。

由于歌词的有趣，引起了听众的哄笑。

这期间，铃子不断地为大家添加茶水，然后静静地坐墙角里，看着城里人的疯狂。

山里的秋夜有点寒凉，该休息了。

夜深人静，圆月饱满，偶尔的几声狗吠，反倒衬出山中的空寂。我盖的棉被轻柔贴身，温暖舒适，想起铃子说在太阳下刚晒过，是啊，山里的太阳纯净、强烈，有着消除细菌，增加热量的功能。我吸吸鼻子，仿佛嗅到了太阳的香味。

我想起在城里的种种忙碌，实在感到活得很累。机械地上班下班，沿着一条路不停重复，在钢筋水泥的城市里摆来摆去，使人的心都变得僵硬起来。雾霾笼罩了城市天空，也灰暗了人的情绪和环境。那真正的太阳的直射光芒，照在我们身上很少了。偶尔到山中来休闲度假，也只是一种激活情感空间的临时方式。当然，如果能在小城小镇定居，那更是一种幸福的向往了。

今夜，窗外月光如水，我的心也柔软起来，发现自己并没有衰老。

第二天早起，用了便餐后，我们要向高山草甸进发。开车前，却找不到了我的茶杯。记得昨日是放在副驾车门里的格子中，现在却不见踪影。想想路上不断地停车，很可能是某次开关车门时震掉了。没有茶杯，无法蓄水，登山道中的燥热实在难忍，并且我又是个茶虫，离不开那树叶子泡出来的水汁儿。正着急，只见铃子递来一个不锈钢杯子，说："这个杯子，我只试用过一次，刚才又用开水消了毒，老师要是不嫌弃，就带上用吧。"

我说常出门的人，哪来这么多的讲究，感激还来不及呢，咋会嫌弃。

铃子去屋里放了茶叶，冲满开水，拧紧盖子，又交给我。

告别时，我与铃子照了一张合影。她让我坐在门前的椅子上，然后她手搭着椅背，微笑地站在后边。

“老师，欢迎再来正阳啊。”铃子招着手，送我们离开。

龙洞河是山中溪流，落差较大，所以其瀑布摇曳多姿，再加上石色多彩，绿苔起伏，拍出的照片很有质感。

我们上到陕西与重庆交界处的高山草甸，拍了照片，然后踏上归途。

我抱着茶杯，时而拧开盖子喝一小口，那温暖的清流，滋润着我干渴的心房。

我一直在想，为什么那个地方叫正阳呢？

7 大鸟长湖

在秋意渐浓的时节，我来到了长寿湖。

这是个平常的傍晚，夜幕已经覆盖下来，将远方的景物遮挡得模糊不清。湖畔村里静悄悄，游客鲜见，只有那华丽而苗条的路灯坚定地站在水泥大道旁，提醒着人们这里是个度假胜地。

大厅里，两个值班的姑娘说，现在天凉了，又不是节假日，所以前来住宿的人很少。

我被安排在后边的湖滨小楼，阳台下就是水面。打开玻璃门，一股清新的潮湿的微风漾过来，还有水鸟的叫声。但放眼望去，天空如墨，湖面上泛着几点返光，辨认不出什么具体物象。

入睡尚早，不如下楼走走。院子里的环境很优雅，在花草树木的包围中，弯曲着石板小径，敞坦着露天游泳池，布置着运动场所。我沿着一段台阶走下去，就到了水边。一条小船静静地系在那儿，仿佛等待我的来临。我上船去坐下，周围不见一个人影，只有风声过来打招呼。我想解开缆绳把船划到湖中去，但不敢，这个湖太大了，太深了，我又是第一次来，不知道湖神欢迎不欢迎我呢？我喜欢水，但又敬畏水，大自然也是有尊严的，不可轻易冒犯和造次。

一个人坐在船上，独守湖区，这是难得的享受。但时间长了，又有一股寂寞感泛上来，突然想念起前几天在会议上见过的一个朋友，想起那些爽朗的交谈与笑声……人生其实是苦旅，一切欢乐的遇见都是暂时的，分别后的寂寥则是长久的。或许为了赴那短暂的欢聚，我们就得忍受漫长的分离。

感到身上有了凉意，于是返回房间休息。

可能是奔波劳累了，晚上睡得很稳实。中间还做了一个梦，望见身穿白衣的长寿女神在湖上翩翩起舞，笑脸如满月让人欣喜。

第二天醒来，天已大亮，披衣起床，开门来到阳台上，先呼吸几口新鲜的空气，伸个懒腰，再观赏晨景。突然我看见，楼下不远处的湖面上，漂着一个废旧汽油桶，宛若一个平台，上边挺立着一只白色的大鹤。昨晚天黑湖面上此处的返光，原来是它。看来，这只大鸟在我的楼下站了一夜。噢，它是鹤群中的情者，在这里寻找知音？还是湖神派来的信使，陪伴孤寂的旅人？抑或是友人的化身，来守望我的一窗灯火？

我取出照相机，调到最长的焦距，对着白色的大鸟，连续按下快门。就在我停顿的片刻，只见大鸟摇身一动，调了个方向，在我面前摆出另一种姿态，我简直惊喜若狂了，又端起照相机，拍个不停。

就在我心满意足住手的时候，那大鸟展翅腾起，飞向了远方。

我走过很多地方，也拍摄过不少动物，但眼前的这种情景是绝无仅有的。我觉得，我与长寿湖的大鸟情感仿佛是相通的，它陪伴了我一夜，又调换姿势让我为它拍照，这样的息息相通实在少有。

望着大鸟飞去的方向，我心中送出默默的祝福。

中午，友人陪我乘船游湖，我发现，长寿湖上的大鸟很多，这是我在其他地方少见的。登临了寿岛和高峰岛后，我终于明白，长寿湖森林茂密，植被优良，再加上湖水清澈，气候适宜，是鸟类的天堂。

大湖出大鸟。

离开了长寿湖，我的思念还留在了那儿。我觉得，那个地方水是长寿的，鸟是长寿的，人当然也是长寿的，自然天籁更应该是长寿的。

8//谐苑观水

在烟雨迷蒙的黄昏，我们走进了紫阳县城。雨水把石板街、石板房洗得发亮，五彩的灯光在暗夜里闪烁着神秘。空气很新鲜，山野原林的自然旷味从四面围过来，沁人肺腑。

晚饭后听了民歌，因此，连梦里都有那婉转的音律在回响。

翌日清晨，雨住了。坐在谐苑山庄的楼上，但见乳白色的云雾在对面的峰峦间飘动，好似老天爷挥舞巨幅的棉纱，在细细地擦拭着青山秀水。脚下是波涛涌流的汉江，这山庄建在江边，我们就仿佛凌空坐在山水间了。那种惬意和舒坦，对大都市里出来的人是莫大的享受。

这时，新冲泡的绿茶端上来了。

先是一股清香拂入鼻端，低头去看那杯中的汁水，由灰色渐渐变成黄绿，端起来饮一口，浑身浸香气爽。

谐苑的主人孙洪军端起一杯茶，向我们介绍说：大家现在品尝的，是我们盘龙茶厂生产的“春独早”。紫阳的富硒绿茶，早在唐代已列为皇家贡品。近几年，我们靠科技支撑，打造出“春独早”

这个无污染、无公害、质地优良的绿色品牌，日益受到群众的欢迎。

前几年，我记得从报上曾看到过一个消息，在紫阳茶文化旅游节上，一斤以色翠、香郁、味甘、耐冲泡等特点的精品毛尖，被评为“茶王”，并以6万元的价格拍卖成交。到了紫阳一打问，原来就是盘龙茶厂的产品。

孙洪军继续说：紫阳茶叶好，来自于这儿的山水好。茶叶最能吸收山的灵性，水的韵味。现在南水北调，一江清水送北京，也会把紫阳富硒茶的健康特点传播得更远。

在品茶的时节，我投眼江面，看到远处有一只小木船，逆水行舟划过来了。那船工挥动双桨，驱船前进，但到了江中心，江水的流势很猛，船儿几乎是进一步，退一步。可那船工毫不妥协，不停奋力，很长时间都在原处划动，我不由得叫起来：

看那船工，真执着。

旁边几个人也嚷嚷道：换个方向划呀，中流水大，一天也到不了岸边！

谐苑的主人却笑了，说：他不到岸边去，就在那儿捡垃圾。

原来我们都理解错了，这儿是山城的城头，从上游飘浮下来的杂物，都汇集在江心，于是每天就会有船工驱舟捡垃圾，来维护江水的清洁。

山城人民就是这样爱水、惜水、用水。他们种的茶，能不好吗。

离开谐苑时，主人让我题字，我挥笔写下：

一江清水送北京

千里硒茶看盘龙

9 有个小城叫安康

关于适合生活的居住地，在中国，我认为最理想的还是小城。

人口超百万的大城市，混乱嘈杂和空气污染是难免的。而人口太少的乡村呢，生活条件医疗条件文化设施太差。尤其是恶劣的卫生环境及人际关系，使你住在农村并不舒适。

有一个作家朋友，在乡村买地盖房，本想安度一生，谁知与村长的关系没处好，被人莫名其妙地闯进家里揍了一顿，上法庭打官司弄得沸沸扬扬，恐怕今后也难以安住了。还有一个画家朋友倾资在山里买了一条荒沟建起庄园，但常常停水断电，并且飞鸟毛虫蜘蛛多，于是自己住的少还要请人守屋打扫，实在不划算。

小城里一般都有医院、学校、食堂、文娱广场和相应的社会治安秩序，能保障正常的生活规律运行。

但这个小城还需有山林围护，有流水萦绕，有飞鸟起舞，有交通网络。

我对安康情有独钟。

安康小城藏在群山的怀抱中，一条清澈的汉江水绕城而过，南依俊美的巴山，北向巍峨的秦岭。铁道线有襄渝、阳安、西康三条交汇，高速公路有包茂、十天两线经过，离西安、重庆、武汉三大城市均只有半天车程，实乃福地。

我曾用四句话来总结安康的特点：走进安康清肺，食在安康养胃，住在安康亲水，活在安康不累。

先说清肺。安康的空气质量，经过多年来的科学监测，在陕西省的 100 多个大小县城中，一直处于优良首位。大都市的人呼吸了这儿的空气，会把原先身体内积聚的废气换排出去，达到健康目的。这是由于四周的山地园林，产生了自然的富氧作用。

再说养胃。安康是山区，自然条件好，又处于中国南水北调中线工程的水源涵养地，限制大型工业发展，因此污染少。同时，它还处在富硒地带，所产的茶叶、木耳、魔芋等，含硒量高，对人身体有好处。由于水土湿润，各种蔬菜蓬勃生长，富有营养。

接着说亲水。自古以来，择水而居，是人类的理想。大都市里的住宅区，只要附近有个小湖，哪怕是死水微澜，房价就会高出许多。而安康城下的一江清水，滚滚奔流不息，那风景那气势那灵性，该是多大啊。多年前，有一位贤士就写了“三斗汉水，一丸长安”的词语。

最后说不累。由于自然条件好，生活节奏慢，没有太多的压力，人们便把日子过得优哉游哉。安康城里人，出外打工的少，他们只要有饭吃就行了，不因发财暴富劳累自己。偶尔去西安出个差，事情办完就急急回来，嫌大城市憋闷，口干舌燥不舒服。

安康小城的建设，向山水园林城市发展，近 10 多年来变化很大，效果显著。尤其是一江两岸，成了休闲的乐园。

但是，不尽人意处还有许多，比如说城区内街面狭窄，道路不平，装饰布置尚乏文化气息，绿地和步行街太少等等，都是需要改进的。

我还有个大胆的建议，就是从汉江上游的水电站大坝那儿，引一条小河从西关进来，在城内缓缓流过，到东坝再自然注入汉江。然后将那些茶馆酒吧、棋牌麻将、娱乐休闲场所，分布在城中的小河两边，则是一个放大了的丽江新版。

把安康打造成休闲之地，这是可以实现的。因为它已经具备了独特的先天优势。

作为安康小城的居民，我有建议的权利及义务呢。

10 故乡的味道

有人说祖籍在哪里，哪里就是故乡，因为根与血脉相连；有人说出生在哪里，哪里就是故乡，因为呱呱落地的印痕十分重要；有人说父母在哪里，哪里就是故乡，亲情是人生最大的牵挂；有人说口音是哪里的，哪里就是故乡，水土是人成长的重要基因；有人说口味是哪里的，哪里就是故乡，饮食习惯最让人留恋。

这些说法都有道理，但从日常生活角度出发，我认同最后一点。

一

今年春天，我独自一人，悄悄地回故乡去了一趟。

从西安搭乘长途大巴，在西康高速公路上行驶了三个小时，抵达陕南腹地安康城，然后又换乘中巴车，多半个小时就到了西路坝上的大同镇。

我在镇东头下车，向北步行了半个小时，穿过密集的民居，来到新建中学（现为汉滨区新建高级职业中学）的大门口。

40 多年前，从镇上到中学，沿途都是庄稼地。我们每天背着书包在田埂上、水渠边走过，曾发生许多浪漫的事儿。如今，途中已经房屋连片，人只能在街道中间穿行。一个地方最明显的变化，莫过于房屋的更新和增加了。

今天是周末，老师和学生放假了，操场上，只有几个少年在打篮球。我在校内走了一圈，以前的几排教室是平房，现在都盖成了三四层的楼房。只有四周的围墙还是过去的，墙内长着一排枝繁叶茂的老树，那苍褐色的枝杈像长长的手指，高高地伸向天空，护卫着身后的学堂。校园此刻还在扩建，旁边的工地上能看到施工器械。

我拍了几张照片，然后退出来。

学校的前边是恒惠渠，渠里的清水欢畅地流淌着。我没有走来路，而是沿着渠岸往镇上绕行。现在正是农历的“春分”之后，“清明”前夕，水渠两边的庄稼地里，开满了灿黄夺目的油菜花，从眼前铺到山边，非常壮美。站在远处望中学，它处在一块高地上，周围全是油菜花海，像大自然的花环围着学堂，真是一块风水宝地。听说新建中学曾经几起几落，由全日制高中，后来改成农中，又改成职业中学，近来有消息说要把城里的职中也合并过来，那么它将是安康市最大的职业中学了，前景可观。

我前行了多半个小时，然后离开水渠，插向大同镇。

在镇西头，看到了新建小学的大门。因是周末，大门紧闭，我站在门外，望了望里边的校园，干净整洁，肃穆宁静。我没好意思叫门进去，就沿着学校门前的路，走向镇街。

镇街虽然拉长了，新房也建的不少，但仍然可以看出老镇的风姿。那满布的店铺，缓行的市民，现出当前的时代繁乐；那仅存的几间木阁楼，还在营业的剃头铺子等，都仿佛映出昔日的生活气息。

在镇上，我买了一顶草帽、一双草鞋（回来后挂在了墙壁上），又走进东头的一家小吃店里，要了一盘蒸面皮，一碗稠酒，坐下来用午饭。

老镇的蒸面皮，香在调料上，那汁水由多种材料合成，浇进面盘，再放上一些芝麻酱，搅拌均匀，嚼起来满嘴生香，再饮几口五里稠酒，故乡的味道就出来了。

二

我 8 岁时才开始上小学，那是 1963 年。

当年，新建小学的初小部设在镇东头的天星庙场子。

天星庙是个旧寺院，还是旧学堂？我不大清楚。我们上学的时候，老房子只剩下最里边一个殿堂，高大宽阔，粗木头撑起，很有气势。前边的两排教室，则是新盖的，平顶简易形的。

小学前有个很大的广场，广场边临河处筑有土戏台，镇上开群众大会在这里，县上剧团来演出在这里，老百姓物资交易也在这里。“文化大革命”期间，这里是动员会，辩论会，批斗会，很热闹。

学校旁边那条小河，是孩子们的乐园，下雨看涨水，天热去游泳，闲时去摸鱼。记得有年暑假，本镇的一个大学生回来了，还是位美女，她来学校这天，大家都纷纷去瞻仰，这位才女加美女颇有气质风度，与老师们谈笑风生，拉直了小学生们的眼珠子。那时的大学生啊，可让人羡慕了。

小学三年级的时候，我们到镇西头的校本部上学。

沿着我家房后的小水渠坎往西走，约莫十来分钟，就来到学校前方，过了石桥，就是操场，那时没有大门。校园的中间是栋两层楼房，木楼梯，木楼板，踩上去咯吱响，让人有点担心它的结实程度。周围的教室都是平房，这唯一的楼房是办公楼。二层有一间房子是图书室，我曾借阅过一本书，是长篇小说《敌后武工队》，故事性很强，读起来像现在的武侠小说一样引人入胜。可惜这本书后来让我弄丢了，那时管理不严，也没让我赔偿，一直挂在账上。应该说，我至今还欠新建小学一本书。

楼房的墙壁上有黑板，每周需要更换内容。我是黑板报的负责人之一，找图案、编内容、组织版面，然后用彩色粉笔描绘上去。内容是根据当前形势写成的小文章，或者顺口溜式的民歌体打油诗。我的正式文学创作从诗歌开始，可能与那时的锻炼有关吧。

读中学，上大学，参加工作，此后很少回小学校园里去。但奇怪的是，我经常梦到那栋小楼，正在上楼梯，木梯板嘎吱响，快塌了，一阵心跳便惊醒。这说明，我从来没有忘记过小学母校，并时常为它操心着。

三

这次回乡，我在新建小学门口停留了数分钟，虽然没有进去，但能看到校园里边的大体风貌，应该说，比过去整齐多了，幽雅多了。我还看到大门上方挂着几个铜牌，有“文明校园”、“素质教育先进单位”、“小学教育先进学校”等，我的心头升起一股敬仰之情。

过后不久，突然接到来自大同镇的电话，是我认识的一位前辈教师，说要编写一本《新建小学校志》，嘱我写个序言。

放下电话，我是又欣喜又不安。欣喜的是故乡没有忘记在外的游子，还把写序的重任安排过来。不安的是新建小学有百年历史，人才辈出，前贤众多，我作为其中的一个学生，该说什么好呢？

无论怎样说，这份差事不能推托。

我要说的，还是情义二字。

情是感恩之情。一个人，不论你在外有多大成就，或者走得多远，都离不开最初小学教育的知识铺垫，以及道德方向的正确指引。感恩之情应该人皆有之，它是人身的善性之一。

在老师面前，在故乡面前，你永远是个小学生。故乡是一本大书，你需要穷尽一生来阅读它、敬重它、感念它。

义是襄助之义。学生总是要走出校门，走向社会，成就各自的事业，承担各自的使命。可能岗位不同，职责不同，能力大小也就不同，但在母校面前，没有位置尊劣之分，没有品级高下之论，我们都是母校的学子。在母校需要的时候我们会向母校献上绵薄之力和最深情的期许与祝福。

人生是漫长的，小学是我们前进途中的第一块铺路石。

历史是漫长的，一座小学就是一个地域的永恒的坐标。

前贤远去，美德彰显；今人犹在，功劳自成；后生渐来，接班有望。我想，这就是校志出版的目的。

故乡，游子还会回去。

我们永远忘不了故乡的味道。

11 为汉水立传

一

我们村子前方不远处的小河叫月河，它是汉水的故道，若干年前主流西移，月河便退位成支流。

小时候，到山里割草、砍柴、走亲戚，都要经过月河。那时，河水清澈见底，甘甜爽口，捧起来就可饮用。河边弯柳成林，浓荫片片；堤岸上芦苇飘动，野花鲜艳；吃草的牛羊和戏水的孩童，构成了优美的诗情画意。

后来我进省城求学工作，离开了故土，但月河的甘露玉液，一直在我心中流动。如果说我的文笔有点淡雅朴素，带着水性，那都源于月河的滋养。

20 多年转眼过去，有一次我回到老家，又去亲近月河，我发现它变得面目全非，惨不忍睹。好像一个如花似玉的少女，突然演变成满脸皱纹的老妇，让人难以接受。只见堤岸裸露着，河道里坑坑洼洼，水流只有窄窄的一线，并且浑浊不堪。一了解，原来是淘金挖坑，盖房修路取沙，小作坊工厂用水排污等，将月河摧残了，肢解了，榨干了。我站在河边十分气愤，心情沉痛。发展地方经济建设本来是好事，可无序地混乱地开掘土地与河流，则是一种犯罪。

我一直想写点什么，可没有找到突破口。

二

国家南水北调中线工程一开始，我就很兴奋，十分关注它的进展。我心里清楚，引水进京，这将给古老的汉水带来保护和重振，使这条遍体鳞伤的大江得到涵养恢复。希望家乡变得优美、生动、耐看，这是一个在外游子本能的愿望。

2009 年，中共陕西省委宣传部启动文艺创作重点项目的资助扶持计划，广泛征求作品。我觉得机会来了，就列出了南水北调中线工程水源地探行的长篇纪实文学题纲，首先上报到陕西省作家协会。省作协经过研究、论证，从几百部应征作品中筛选出了 10 多部报送到省委宣传部，宣传部又召开专家评审会，最后确定了 5 部，我的这个计划名列榜首。

人的生性是慵懒的，贪图享受和自由的，有时候就需要鞭策和压力。创作计划得到肯定和落实，我便积极行动起来。

本书最初的题目为《汉水流长》，是从自己的体验出发。我觉得汉水是伟大的，亘古不变的，它养育了一代又一代岸边的子孙，它是我们的母亲河。当然，南水北调工程也是伟大的，但毕竟只是汉水万年流程中的一次机遇。

我想使更多的人了解汉水，认识汉水，知道今天汉水岸边人民的生活、文化，以及他们为保护母亲河、建设母亲河所做的一切努力。

因为我发现，外地很多人并不熟悉汉水。

许多人从口号和文件中知道丹江，因为水利建设上有个“丹治工程”，于是就有人写文章称是把丹江水调进北京，其实不准确。丹江只是汉江的支流，调水源头所在地丹江口水库，其实也建在丹江的下游汉江河流的主道上，并且库区里蓄的水，70%以上来自汉江主河。

这些都是概念的模糊，或者地理知识的偏差。不管是以大代小，还是以小充大，都缺乏科学精确的把握。严格地说，南水北调中线水源地，就指汉江中上游那一片秦岭和巴山间的峡谷。

有个汉中人去北京出差，与出租车司机聊天，说：“今后北京人啊，就要喝到我们那儿的水了。”出租车司机一脸疑惑。汉中人问：“你知道南水北调吗？”司机点点头。“你知道汉江吗？”司机摇摇头。

作为一个汉水之子，我有点儿愤愤不平。

我为汉江抱屈。我们宣传汉江太少了，我们忽视了这条地球上的美水和福水，太不应该。

我要为汉江正名。

三

尽管我在汉江边长大，对它比较熟悉，也曾先后几次考察过沿江的风土民情，但南水北调的水源地保护工作是一个新的动员，各地进展情况不一，生活现场日新月异。

我决定重走一次汉江。

2010 年 4 月，春意正浓的时节，我背起行装，乘长途汽车去宁强县的汉江源头。

沿江而下，点面结合，断续跑了半年，走过二十几个县域，10 月底从丹江口回到西安，已是寒意渐显的秋末。

其间的旅途疲惫不说，发生的几件特别事情，让我记忆深刻。

那次，在石门水库拍照，因坝体高大，要拍下不变形的全景，就得爬到大坝对面的山坡上。我找好机位，按下快门，连拍数张，非常满意。谁知从地上站起来的时候，鞋被树根绊了一下，一个趔趄，向前栽去，幸好有一棵小树挡住了我。爬起来一看，天！前方一尺就是悬崖，如果摔下去，后果不堪设想。于是我想，人的祸福机缘真是难测，还是处处小心谨慎为好，不可大意。

去汉山上考察，开始大太阳晒得人头脑发晕，中途竟然大雨倾盆，晚上躺在南郑县城的一个小旅馆里，开始感冒发烧，浑身难受，意识混乱。我云里雾里乱想一气，不知今夕是何年，梦与现实纠缠不清。孤旅的滋味，天涯的惆怅，半辈子的辛酸，一起涌上心来，湿了眼眶。第二天下午，终于病情减轻，我背起行装，继续上路。

到十堰市转车去丹江口，上了大巴，还有半个小时才开车。我把旅行包放在头顶上方的货架上，然后靠在座位上休息。突然想起身上装的一个小小玉观音，在口袋里摸了一下，没有，就站起来拿旅行包，谁知货架上是空的。吓了一跳，左右一瞧，后边几排的座位上，有个小偷正在翻我的包，并且已把照相机拿在了他的手上。见我觉察，连说拿错了，放下东西，下车溜走。我检查了一下，幸好东西全在。那包里的照相机和笔记本，记录着我沿江考察的文字与图像资料，假若丢失了，我就无法很好地完成这次任务。

虽然有些曲折，但我顺利而归，老天保佑。

四

南水北调这个题材很大，涉及的面积广，人物多，我只写了水源地保护建设这一部分。像库区移民、引水渠道的开掘工程等，这里较少涉及。因为库区移民虽是大事，内容十分丰富，但别的作家已写过，新闻单位也连篇累牍地报道了，我再写这些就是重复，没必要，意义不大。而引水渠道的开掘工程，现在尚未完工贯通，并且是高科技的现代化机器施工，可写的空间很少。于是我的目光，就集中在水源地存在的问题上，调水工程说到底，就是两大块，一是引水长渠的修建，二就是水源地的保护。我认为水源地的涵养、维护、发展很关键，并且是个长期性的话题，不受时空限制，有许多问题值得探讨，究竟怎样搞，现在世界各国都在摸索。希望中国的南水北调不光是解决调水一事，在这些方面也能总结出一些经验。

水源地很长，我采取探行的方式，从源头开始写起，用田野考察的笔法，力争将多一些的生活场景展现在大家面前。

在采访过程中，中国作家协会创联部、国家水利部文联介绍我去基层单位，汉江集团工会主席赵立群、科长张俊，中线水源公司综合部主任周建华等人，都给了切实的帮助，这里表示真诚的感谢。

我所在的单位陕西省社会科学院的领导，在时间上和舆论上给予了大力支持，使我能够从容地完成写作任务。

陕西省新闻出版局和太白文艺出版社的负责人，一直关心着此书采访及写作的进程，他们的督促及问候，于我是一种动力。

还有那些工作在县里、乡里的基层干部、群众对我的帮助，这里不一一列举，均表示感谢。

在写作的过程中，参考引用了有关网站、书籍和报纸公布的数据，特此说明。

写完这本书，我心头对故乡、对汉水的重负才算放了下来，于是，顿感一阵轻松。

第二辑

山高路更高

1/周山至水

山青

秦岭是大自然的宝库，是地球上的美丽传说。

我是岭南人，但在岭北求学、工作。多年来，已经在秦岭山中来回穿梭了无数次，但每回，一望见峻峭的绿色山峰，一看到烂漫的鲜草野花，一听到悦耳的群鸟奏鸣，我就会精神舒展，心花怒放，如山间的飞禽那么快乐。

但是要看秦岭的丰富多样，还得到周至这个地方。

因为“秦岭国家植物园”的入口，就在周至县的集贤镇境内。

这是世界第一大植物园啊，也是中国目前唯一冠以“国家”二字的国家级植物园。它的总面积达 639 平方千米，是地球上唯一具有完整植被分带的植物园。园地处于亚热带和暖温带分界线，海拔从 480 米延伸至 3000 米，由北向南依次为平原、丘陵、低山、中山和高山 5 种地貌单元，形成了一个完整的立体生态系统。园内生物十分丰富，其植被分带由低向高依次为杂果林及次生灌丛、侧柏林带、锐齿栎林带、红桦林带、巴杉冷杉林带、太白红杉林带、灌丛及草甸。大秦岭上有种子植物 3436 种。其中独叶草、珙桐、红豆杉、华山燕麦草、秦岭冷杉等国家珍稀保护植物 40 多种，还有鸟、兽、鱼等脊椎动物 720 种，像羚牛、金丝猴、大鲵、林麝、锦鸡、金猫等皆为国家珍稀保护动物。

说起这个最大的植物园，就得提起一个人，他就是园长沈茂才。

沈园长就是周至人，土生土长爱故土，他毕业于陕西师大生物系，后又在中科院西北植物所、中科院西安分院从事领导工作和有关研究工作。1998 年，他主持的国家科委项目“秦巴山区优势生物资源综合开发利用与保护”，完成了优势生物资源的普查，其翔实的材料为秦岭生物多样性保护提供了科学依据，后来，他经反复酝酿提出了在周至县秦岭北麓建设秦岭生态园的设想，在有关领导和院士、专家的支持下，获批为秦岭国家植物园。

园长沈茂才的故事，在周至县传为佳话。

他带着影像资料，走遍了园区的村村户户，为农民讲解咱们这个秦岭植物园的重要性。他是本土人、科学家、知名人士，他的讲解富有鼓动性、合理性、可信性，于是，村民们也热血沸腾起来，积极参与园区的建设和保护工作。

他想尽办法把世界上更多的植物品种弄进来，最终使那些奇木异草在自己的园子里开花结果。沈园长的这种敬业和作为，让人钦佩。

植物园内的品种越来越丰富，并且发展成集束式的展示。

有一年，沈园长从美国带回来一个品种，种植以后，第二年生长迅疾，无法阻止，大有扩张侵占的强霸之势，就如湖中的水葫芦，欲覆盖他物。于是，沈园长决定将这个品种连根铲除出去。

不让闲草进来，不让嘉木出去。

这些年，园区内的树木，严禁砍伐运出。就连大石头，也受到控制。他要保证秦岭植物园内的所有原生态不受到破坏。包括山水、沙石、草虫等一切细物在内。

现在，植物园的保护和建设经费虽然得到了亚行贷款，得到GEF一定的赠款支持，但是远远不够。

沈园长也知道，几百平方千米大的植物园，不是一朝一夕就能搞好的，可能需要几辈人的努力。国外一些有名的植物园、保护区，都有百年历史了。而秦岭国家植物园，2007年5月才正式奠基。

沈园长明白：保得青山在，不怕没人来。

水秀

田峪河是一条溪流，从秦岭梁上发源，到山口已成小河。它一路穿过山石、树林，草根，因为矿物质丰富，对人身体有好处。河水是二级标准，直接可以饮用。这样没有污染的清澈的自然水流，如今已经不多了。

秀水出青山，田峪河大峡谷里，有恩爱树、泼墨崖、独石成林、神鼠灵芝等景观，如今成了西安人的亲山、听水、养心的休闲之地。

周至是国家级生态示范县，人口是西安市的十几分之一，但森林面积却占西安市的 50% 以上。

周山至水，历来是大都会西安市的重要水源涵养地，每年向西安市区供水 3 亿多立方米。像田峪河这样的清水流，在周至境内不少。最有名的，当然是黑河水库，被称为西安人的大水缸。

西安在黄土高原边缘，是我国缺水最严重的城市之一，近年来，西部地区持续干旱的程度加重，城市发展对水的需求量又增加，西安一度出现了严重的水荒现象。黑河是渭河的一级支流，发源于秦岭深处，西安市启动了黑河引水工程后，将包括黑河径流在内的周边五大地表水源引入城市，解决了后顾之忧。

从一定程度上讲，周至真正是西安的生态屏障，保证了大都市人安居乐业。

我有个生活习惯，每天必喝茶，出门自带茶叶茶杯，起床后第一件事就是烧水泡茶。以前在渭北高原出差，那儿的地下水又咸又涩，茶叶都变了味，人便一天都不舒畅。在周至，水冲出来的茶是清香的，因此清香伴我一天。

水养茶，也养人，更养天地。

花香

过去曾在画报和网站上，看到国外许多薰衣草庄园的照片，只见山峦里，盆地上，风车旁，一垅一垅的薰衣草散放出紫红色的光晕，在蓝天白云的映衬下秀美奇丽。

本人是个摄影爱好者，凡看到这种风光作品，就一定要收藏起来。

没想到的是，在周至，也看到了薰衣草庄园。

关中平原在人们的概念里，以农耕为主，是大片大片的麦草地，褚黄色调，缺乏鲜艳的变化，比较单调。

现在，薰衣草就在身边。这个庄园是周至道文化展示区观光农业项目之一，占地面积 700 多亩，分为薰衣草种植区、薰衣草种苗繁育基地、薰衣草深加工区三大区域。

薰衣草不只是有观赏价值，经济效益也不错，国外称它是香水植物，灵香草、香草、黄香草等。广泛地应用于香水、香皂、花露水等多种日用化妆品中，是香料工业中重要的天然精油之一。薰衣草还有药用功能，是治疗头痛、失眠、伤口、杀菌、灼伤、关节痛、心跳、疤痕、呼吸系统的原料药。

薰衣草是一种喜阳光、耐热、耐旱、耐寒、耐瘠薄、抗盐碱的植物，它的生长有特殊的地理环境要求，比如温度要在15℃～25℃之间，高温不能超过35℃，还有需要充足的阳光及适湿，最好是全日照。

经过专家们的考查，周至县集贤镇秦岭山口，就有这么一块宝地，于是，薰衣草就翩翩而来，外国女神落户关中。

在国外，情人间流行着将薰衣草赠送给对方，以表达爱意。还有用薰衣草来薰香新娘礼服的习俗。据说放一小袋干掉了的薰衣草在身上，可以让你找到梦中情人。在婚礼上，洒洒薰衣草的小花，可以带来幸福美满的婚姻。

可以想见，经过数年时间的经营，周至的薰衣草庄园会成为西安少男少女们的天堂。这儿离西安市区只有几十公里，高速公路一个小时的车程内便到达。

我也一定会在某个清晨或黄昏时再来，闻着花香，支起相机，把美景摄入镜头。

鸟语

到达聚仙台的时候，正值黄昏，落日在远方的天边举行告别仪式，它把余晖洒在起伏的坡岭上，光晕迷离，烟树朦胧，特别怡人。

聚仙台在周至县西南塬区翠峰镇，是一个面向关中平原，背靠秦岭山脉的高土台，当地人称“百草疙瘩”，据说神农氏在这儿尝过百草。这儿有独特的溪、谷、崖、峁地貌，当地村民利用自然环境，办起了农家乐，可游可食可宿。

吃过晚饭，睡在窑洞房里，看到说明书上一首打油诗：四季如春到此庄，莫笑土窑无厦房，这里即是神仙洞，可爱冬暖夏又凉。

行脚劳累，容易入睡，半夜醒来，听到院子鸟叫，清新悦耳。好像有很多只，很多种类，声调各异，长短不一。

凌晨早起，我独自出门，沿着窑洞上方，爬到台顶，看到最高处有个殿堂，颇具气势。这时，我又听到了鸟叫。仔细一看，栏杆上站着一只大鸟。

我举起相机瞄准，鸟儿叽叽喳喳，好像冲我在说：早晨好。

我答了一声：早晨好。

鸟儿点点头：照相啊，要我摆个姿势吗？

我笑了：别乱动，就这样。

鸟儿挺起头来。我按下了快门。

谢谢。鸟儿点点头，展翅飞走了。

此刻，一种人与自然、与动物、与植物、与大地的和谐情绪，涌上我的心头。

在静谧的晨曦中，我继续前行，转到山包的另一面，看到有个“元辰殿”，里面传出诵经声，走进去，是个转廊，却空无一人。廊里的墙壁圆洞中按照中国农历的习惯，由十天干和十二地支组成花甲纪年，供奉着60尊神像，每个人都可以找到自己的出生年代。

我在自己的生辰纪年前静默了一分钟，然后悄悄退了出来。

庙前有座小拱桥，又是一只大鸟在桥上散步。

我站在原地，举起相机，按动快门。

鸟儿展翅而起，在空中叫道：再见，欢迎再来。

是该再见了，日头已经升起来，我们也该下山了。

2 走鲍寨

秦岭北麓的山脚下，有一个地方，被誉为“中国的普罗旺斯”。我以前没去过，但早听传闻，也在网络上看过一些图片。风景倒是不错，可这命名，不知是诗人的激情，还是画家的遣兴？

丙申春日，蓝田的文友打来电话，说是鲍旗寨的油菜花开了，约几个朋友去转转。这个鲍旗寨，就是我心中憧憬的“中国的普罗旺斯”，于是正合吾意。

车出西安城，上高速，往东南方向行驶，转入环山路，约莫一个半小时，就到了长安区焦岱镇的鲍旗寨村。

村庄偎在一面山坡下，前面小河流淌。屋舍整齐，家家围着竹篱笆。很多处挂着“写生基地”、“× × 画室”的牌子，据说各大美术学院的学生常来这儿实习，租间房住下，半月不挪窝。村部是个几层楼高的新房，其上布置着大大的画室，笔墨纸砚齐备，随时可以挥毫。还有其他服务设施，都是新农村的标志。

走过前街，来到村后，我终于看到了一些别致的东西。到处长着老树，有的弯曲多折，有的浑身疙瘩；有的皮肤粗糙布满甲粼，有的张牙舞爪细枝朝天……老树是一个古村的灵魂，它们长直了是栋材，长弯了是风景，都有其价值。

在一个高坎前驻足。坎上蓬勃着大片的藤蔓和绿叶，中部留出一凹口，一段石阶朝上伸去。我爬上石阶，上边有一个小院子，托出几间土墙老屋，古朴幽静。我返身下来，伸手对其他人介绍："这个地方有味道。"朋友用手机及时抓拍下来，倒是张生动的照片。

镇政府书记说："村里的老房子，都保护下来了，准备提供给艺术家做创作室。"

我问了细节，连租金带翻修，费用并不高，于是有些心动。

继续向前，爬上叫"苍龙岭"的土梁子，视野开阔，全景展现。远方是巍峨的秦岭山峰，由高向低层次分明，峰峦间弥漫着青灰色的薄雾，宛若水墨写生。近处有几丛青瓦白墙房屋，点缀在山的屏障之下，添了许多生机。身边起伏的沟坡上，油菜花黄得耀眼。一只蝴蝶飞来，在花海中舒翅起舞。这只蝴蝶特别大，极少见。我突然想起俄罗斯著名作家纳博科夫，他的另一个身份是蝴蝶标本的收藏及研究专家，如若他还在世，知此信息，一定会来这儿采风，说不定有填补空白的新发现呢。

鲍寨的局部地形，确有点儿法国普罗旺斯的样子，但将其互比，还是显得夸张。一位女士在我耳边说："如果能种些薰衣草呀，会更好。”这倒是很好的建议。

午时，在村头农家用餐，吃的全是村民自己种的蔬果，或者从河边挖来的野菜，经过调制，香味可口。嚼一嘴烙馍，面香盈喉。

空气、风景、野菜、粮食，本来是上天赐予人间的生存基础，可在今日雾霾横行，污染严重的世界里，倒显得弥足珍贵了。

鲍旗寨，去了忘不掉。

相信，它会更好。

3/清水头

清水头是个村子，它静静地依在秦岭的山脚下。清南、清北两个街道一条线、一条马路连着，四周全是浓厚的绿色包围。村后的山口叫小峪，有条清亮亮的溪水，从山中哗啦啦流出来，流过许多人家的房前屋后，流过王莽乡政府，流过长安区城街，最后润入关中平原干渴的厚土。

受清水头名字的吸引，我去亲近它。在城南乘远郊公共汽车，穿越一串街镇，驶上平坦的环山公路，又在秦岭俊峰的映护下，东行数公里到园艺场的路边，闷热的中巴停下来喘口气儿，张开门将我吐出来。站在大树下，顿感凉爽，有一阵阵的山风从清水头那边漫过来，舒服极了。

沿小道，进万亩桃园，路两旁的筐子里盛满肥大的鲜桃，各家媳妇们一边做针线活儿，一边招呼着买卖。你可以问价，可以品尝，最后购入不购入无所谓，没有人围追堵截，这是乡间大嫂与城区小商贩的区别。

在桃园深处，便是清水头村街。上午 10 点多，外边活动的群众不多。水泥路面整洁，小院门儿虚掩，最让我眼目兴奋的，是墙壁上那些漫画和书法，隔几步就有一块。毛笔字儿还不错，有行书、隶书，内容一般是唐诗、村规，或道德教育提示。那些漫画更精彩，形象生动，贴近生活。其中两幅我印象最深，一张是小村风景，山前有房，房屋成排，太阳照着，人在笑着，水在跑着，乃清水头的写真；还有一幅，是个年轻人靠在大树上睡觉，头脑里想着低保金，标题是“贫困户”，旁边配着一首顺口溜：“守株待兔靠救助，永远都是贫困户，要想小康早致富，科学勤劳来自救。”

穿过街道，来到村头，山荫处有一块大石头，上书“清水源百姓广场”，场地上布置着很多现代健身器材，这是个锻炼、聊天、呼吸新鲜空气的好地方。

从这些视像上，我能感受到一种乡村文化气息及安静平和的氛围。

我来这里还有一个目的，就是想拍一些荷花的照片，清水头的千亩荷塘可是名声在外哟。

我问路边一位老大爷：“在哪儿看荷花？”

老大爷说：“你走过了，从清北的第一个丁字口往东拐过去，就是荷塘。”

说着，他把我带到村外的另一条水泥大道上：“你从这儿直接走下去，就能看到。”

谢过大爷，往前行一里，路旁出现了一块一块荷塘，越来越多，最后人就置身于荷塘的包裹之中了。乡间看荷与城里不同，城里的荷塘挖得深，陷进地层许多，叶小花小身杆纤细，与观赏人有一定距离；这儿的荷塘与地面平行甚至高出地台，杆粗花大叶密，有些比人还高，像小树林一样挤在路边，你伸手就可以捉住莲蓬，凑在鼻下闻它的气味。

清水村的荷花分为两种颜色，深处全是白色，但身杆粗壮高大，蓬勃茂密；外围靠路边的是粉红色，鲜艳夺目，显得清秀瑰丽。

我在深处眺望，有一对年轻的伴侣走过来，男的找到一个高地，支起三脚架，调好长镜头，对女的说：到这儿来给你拍几张。

那个穿着时尚的女士嘴一噘，说：这白色花不好看，我喜欢那边红色的。

我问路边经过的一个中年农民：“为什么两边的荷花颜色不一样？”

农民笑着回答：“品种不一样，当然颜色也就不一样嘛。外边红色的，是观赏荷，给人看的；这里边白色的是莲菜，给人吃的。”

我发现，来看荷的，大部分都拥挤在外边，用相机、手机拍那些鲜艳的荷花也拍自己的肖像，走到深处来的人很少。

可是比较起来，外边的红荷显得娇弱、矮小，花瓣容易零落，里边的白荷则健康多了。

植物的分工不同，欣赏者的角度也不同，这是自然的区别也是人的区别。

不过，清水头的村民很聪明，他们种植了红荷让外边的群众来旅游观赏，从而带动了果木产品的销售和农家乐的经营，同时又种植了白荷，待秋后莲藕收获时再卖个好价钱。

清水头的数千亩荷塘连成一片，这在黄土高原地带是少见的奇观，这都得力于水多、水好，还有对水源的保护和利用。

清水头的自然生态景象，在环境污染日益严重的今天，让人看到了一种希望。

拍完荷花，已是中午，我在村头的农家乐吃了凉皮与红豆稀饭，格外香。临走时，女主人把几个鲜桃塞进我的包里，说：欢迎再来。

4/香槐镇

这地儿离秦岭北麓不到200米，在沣水河的东岸。很早以前，它是一片荒草滩，后来有人荷锄耕耘，变成稀稀拉拉的庄稼地。

历史进入21世纪，长安城拉大骨架，向远郊发展。开始，有两所学院看中了这块宝地，搬迁了过来。接着，又有一家房地产公司加盟，于是，草地上崛起了一座新镇。

这个镇子现在还没有名字，为了便于表述，我先叫它香槐镇。

这命名与其中一所学院有关。

它是西北大学现代学院，近千亩校园里，遍植紫香槐树，开花的季节，紫红色的花朵如云似雾，迷人眼眸。一股一股的香气，直往人鼻孔里钻。若有微风吹过，零乱的小花落下来，沾在头发上衣肩上不肯离去，也不知是人惹花还是花惹人了。那衣服呢，好像洒了香水，一连几天都是芬芳着身。现代学院的强项是文科，著名作家贾平凹、陈忠实等都来学校参加过学术活动，给学生带来了强烈的影响。于是，该院的毕业生有的去出版社做了编辑，有的到报社当了记者。

另一个学院是西北工业大学明德学院，我不是很了解，但知道这是一个工科院校，好像与飞机、潜艇什么的有关系。它为外界乐道的，有一个空乘专业，因此，校园里常闪动着一些面目姣好、身材高挑的漂亮的未来空姐儿。明德学院大门外有两块报栏，这几天就贴满了招聘礼仪、模特小姐的广告，要求个子在 1.63 米至 1.70 米之间，工资每天 300 ～ 800 元，这个收入可不低呢。

那家房地产叫“南山庭院”，是比较高档的别墅区。园区里都是一栋栋三层小楼，前边有门楼，系仿古的两扇厚重的木门，嵌着虎头铜制门环，一拍叮咚响。门前的坎上左右蹲着两个小石狮子，警惕地盯着过往行人。每户带着一个封闭式的后院，只能看到冒出墙的柳树与青竹。里边还藏着什么宝贝，不晓得，咱没进去过。这园区夹在两个学院之间，真是左右文气缭绕，家家都会熏出个冒尖人才的。

两个学院的常驻师生加上“南山庭院”的住户，再加上周围的村民，香槐镇的人口超过了两万。

两万人的消费就是商机，于是，一些服务行业应运而生，有超市、旅馆、网吧、美发厅、鲜花店、大药房、麻将馆、眼镜行、五金杂货铺，等等；还有专为女生设立的“校园祛痘吧”和迎合男生需要的台球案子；当然，更多的是餐饮业，有汉中的凉皮及花生稀饭，陕北的洋芋叉叉及大烩菜，兰州的牛肉拉面，成都的火锅炒菜，外国的牛排和汉堡包，最特别的，是湖南的臭豆腐，气味难闻，但满口生香。

一条 20 米宽，200 米长的街道，在香槐镇形成。

平常，由于学院封校，禁止学生外出，街道上行人不太多，可是一到周末，竟熙熙攘攘，如同闹市。学生出来了，农民上街了，计算机和英语短训班开课了，喜欢户外活动的山地车队光临了，登山爱好者也经过这儿停停看看……街道一边的地摊上出售袜子、短裤、鞋帽、化妆品、饰物挂件等小百货，另一边的木板上则是香蕉、菠萝、苹果、梨子、草莓等新鲜水果，讨价还价的声音此起彼伏，南腔北调各种语言在这儿融为一体。

现在，镇子似乎还在扩大，周边已建起游泳池、钓鱼场、休闲度假村、茶秀棋牌吧等像模像样的场所。

历史就是这样创造出来的。

我是香槐镇兴起的参加者和见证者，用文字记录下它的情景，自然是应尽之责了。

5/沣裕口

我工作室对面的秦岭山体上，有一个裂开的V形豁口，叫沣裕口。

秦岭北坡有72峪，72个豁口。每个口子都有山溪奔出，都有道路伸进。

沣裕口是其中最大的口子，西安到重庆万源的老公路（简称西万公路），就从这儿修进去，拐弯抹角、曲曲折折地爬到山顶，再翻来覆去，跌跌撞撞地落下谷底，然后再爬坡、再跌谷……终于越过秦岭梁、平河梁、吕河梁三座大山，才到达陕南深处的县城。

我常站在门前，望着沣裕口出神，那大山里边，藏着我太多的记忆。

从豁口望上去，几叠山脊层峦连绵，颜色由深变淡，视线由清晰到模糊，最远方最高处那个苍茫的峰顶，就是秦岭的主峰。在分水岭的公路边，有耸立的巨型石壁标记，向北的箭头写着：黄河流域；向南的箭头写着：长江流域。中国版图上的南北两大水系，是在秦岭梁上分界的。

秦岭梁的南边，有个叫旬阳坝的山坡上，坐落着宁东林业局，那儿树木参天，森林密布，桥是木头搭成的，房屋是木头垒起的，简直是一个木头的世界。从那儿经过，油松的香气四处弥漫，沁人肺腑。松鼠在枝头跳上跃下，野兔从路面迅疾越过，有时车不小心就会将散步的锦鸡轧死。

西万路在秦岭山中蛇行，虽然两边风景峻美，但在我心中留下的记忆却是痛苦连连。30 多年前，我从陕南深处出发，到省城西安求学，只有这一条公路出山。头天凌晨就上车，笨重的公共大轿车喘着粗气，在一边是峭壁，一边是深壑的狭窄公路上爬行，天黑了才到达山中的宁陕县城，便在车站外的小旅社住下。昏黄的马灯下，一溜儿通铺睡着几十个人，汗臭脚气呼噜声打咯声杂糅在一起，使你难以入梦。第二天凌晨又爬起来上车，翻过主峰往下滑行的时候，急弯一个接一个，几乎每次我都要呕吐，心想赶快让我下去吧，宁愿走路也不乘这破车。可最后还得硬扛到底，出了沣裕口，看见大平原，路平车稳了，这才长长出一口气。

每年假期回家返校，我都得经受一番折磨。

沣裕口也有壮烈的时候，那是 20 世纪的 70 年代三线建设修铁路，一辆一辆的大卡车将成千上万的学兵经过沣裕口送到陕南去，这些年轻学生身穿统一的绿军装，唱着歌儿情绪高亢，意气风发壮志凌云，把秦岭山中闹得热火朝天。可是，有些人一去不返，再也没有从沣裕口出来，他们将生命献给了悲壮的襄渝铁路。

当年，我的老师也是著名诗人党永庵写过一首长诗，就叫《沣裕口放歌》，我全文朗诵过，现在仍可背出几段：

有那么一条路呵，有那么一条路，
洒满了朝霞，铺满了锦绣；
有这样一支歌呵，有这样一支歌，
酿在我胸中，抖翅出歌喉……
现在，我要唱一唱沣裕口，
为自己唱，也为我们年轻的战友；
永远，我把它镂刻在心胸，
长征路上，刀风剑浪呵永不回头……

进了沣裕口，红旗云里抖，
山歌号子甜又脆，像把亲人怀中搂；
进了沣裕口，青山排队走，
飞瀑哗哗笑相迎，松涛阵阵喊“加油”……
我爱沣裕口呵，献上歌万首，
心潮拍天起，眼眶湿漉漉；

诗赞沣裕口呵，永远跟党走，

旌旗向未来，红日照寰球……

且不说诗的内容现在如何评价，但诗人的情感和诗歌的节奏饱满明快，极富感染力。当时很多年轻人读起这诗就泪流满面，精神振奋，激动不已。

现在，西康高速公路已经建成，过去的两天翻山车程，变成两个多小时就可平稳到达，沣裕口沉寂了，山中公路或将被慢慢废弃。

还沣裕口一片绿荫，还秦岭梁一个宁静，这无疑是正确的。

但我仍想，以后假若有机会，再重走一次西万路。

如今，又面对沣裕口而居住，看来这是天定的缘分了。

6/朝山庐

我的故乡在陕南，老家建在一个坝子上，门朝南，对面不远处就是峰峦叠嶂的凤凰山。可是，我求学离乡，妹妹出嫁，父母去世，那两间土屋也破败不堪，无人照料，只好转让给隔壁的本族兄弟，他们拆了旧屋，用地基盖了新的水泥房。我的老屋便没了。

但是，在梦中，我常在门前的田里劳动，抬头看南山，想起那些小时候走过的坡坡岭岭，茅草小路，树林流溪，以及狗吠与蝉鸣的交响。

没想到，多年后，散文研究所随着现代学院搬到了秦岭山下，我也在教授村里分到了两间平房，还是门朝南，前方不远处就是终南山。

当然，时代不同，环境不同，山与山也不同，不变的是一个爱山人的心情。我喜欢山的巍峨高大，那是一种沉稳厚重、不急不躁、不张不扬，非常有实力的象征。我喜欢山的起伏变化，一岭接一岭，层层叠叠不重复，里面藏着意想不到的奇异景观。我喜欢山上的各种树木花草，飞禽走兽，它们充盈着不尽的乐趣和活力。我喜欢山顶的烟雾演幻，峰高自留云，雨露由此生。

我给新房起名为：朝山庐。

这朝山有双重意思，一是指环境位置，站在门口，坐在窗下，时时能看到终南山，心胸便旷达起来，安静起来。另一层是敬仰、虔诚、实在。

我面前的终南山，被人称为圣山。中国的佛教、道教，大多与这座山有关联。佛教 8 个祖庭，有 7 个就在这山间或山下。道教楼观台和老子说经处，也在终南山的浅坡上。据说如今山间的隐修者，达到 5000 人之多。有时候，我望着南山心想，那些信众住在茅棚里，以山为屏障，凡人看不到他们，但他们站在山顶能看到平原上奔波不息的蚂蚁般的车辆和行人，现在就可能双手合十，为尘世间的累者祈祷平安吧。

比较起来，他们才是高人在高处，一般的凡夫俗子达不到那个境界。

学过文学史的人，都知道这座山的重要。

唐朝大诗人李白 30 多岁时到终南山隐居，游山赏景，抒情写诗，他结交隐士高僧，还到当朝皇帝玄宗的亲妹妹玉真公主建在山中的别馆里做客，并写了《玉真公主词》。对于终南山的美景，李白这样描绘的："出门见南山，引领意无限。秀色难为名，苍翠日在眼。有时白云起，天际自舒卷。心中与之然，托兴每不浅。”后来，李白有机会进入朝廷，在翰林院做事，成就了一番大名声。

还有大文学家王维，在终南山中的蓝田辋川购置房田，隐居于此，把一方山水当作精神家园，他赋诗作画，托物寄情，淡泊时“晚年唯好静，万事不关心。自顾无长策，空知返旧林”，雅致时“独从幽篁里，弹琴复长啸。深林人不知，明月来相照”，高兴时“行到水穷处，坐看云起时。偶然什林叟，谈笑无还期”，当然，也有郁闷时“银筝夜久殷勤弄，心怯空房不忍归”。他的诗和画，是人类宝贵的文化遗产。

唐朝进士卢藏用在终南山隐居，影响逐渐扩大，后来朝廷召他出来为官，便有了“终南捷径”的成语故事。当然，对于“终南捷径”的诠释，有各种观点。但终南山韬光养晦的作用，却是不争的事实。

在今天这个商品经济社会里，要去过田园牧歌般的诗意生活，恐怕是难以实现了。不过，把山水养在心中，在个人的精神世界里保留一点净土，却是不难做到的。

我去请贾平凹先生题写“朝山庐”斋名，他一边挥毫，一边问：“你那儿有山吗？”我说：“有，眼前有山，心中也有山。”

我喜欢坐在窗下读书写作，低头于书案久了，举首望望山，是良好的调节。

有时，站在窗前练书法，山峰的结体和墨色，自然反射到宣纸上来。

有时，就坐在窗前什么也不想，只发呆。体会王维那种“雨中山果落，灯下草虫鸣”的秋夜独坐之意境。

我觉得，独处的习惯，在今天太重要了。现在社会浮躁，信息爆炸，各种有用的无用的知识纷涌而来，你根本难以清醒地辨别与分析，这时，就需要经常独处一下，给大脑留出冷静的过滤空间。佛教中有阶段性的闭关及偶然的禁食，也是为了获得一个清除杂质、完善自我的机会。

我还喜欢黄昏时在山前散步，望着渐渐隐去的山峦，心想，不管白天黑夜，显形还是隐去，其实，山都是醒着的。

7//黄昏的鸟啼

一天中最美好的时刻，于我来说，是黄昏。

按理儿说，黎明的风景才动人，很多先贤赞美过它。但我晚上入睡迟，早晨贪枕，起不来，无法欣赏拂晓的瑰丽。

而黄昏呢，刚好是我工作半天休息的时候，坐在南窗下，品着清茶，让目光随意游走，充分地享受着大自然的盛宴。前方的秦岭山脊慢慢变暗，最后洇成水墨般的剪影。天空由浅蓝过渡到深蓝，云朵呢，开头是纯白的棉絮，后来被晚霞染成浓重的色块。树木花草在夕晖中显得温馨、柔和、亲切甚至暧昧起来。

我喜欢黄昏的从容和淡定。相比而言，黎明是急促的，黄昏是缓慢的；黎明是催人的，黄昏是怡人的；黎明是夸张的，黄昏是浪漫的。

某天下午落了小雨，当时我在小区园子里行走，清亮的小雨珠儿飘过来，亲吻着我的面颊，很舒服。我想在林荫道上走下去，可后来雨点密起来，西边的天空也越来越暗，似乎有大雨将至，只好回到房里。

临近黄昏的时候，雨停了，云散了，空间亮起来，特别的亮。树林及草地上，各种各样的鸟儿出来蹦跳嬉戏。它们大小不同，形态各异，尤其是身上羽毛的色彩，斑斓丰富自然俏美，这种美可能画家也描绘不出来。还有就是它们的鸣叫声，粗细高低搭配均匀，一波一波传过来，此起彼伏浑然一片。平素听班得瑞的轻音乐《空灵之声》，其中采录的鸟叫声，与眼前的众鸟合奏差远了。

我持着相机，拍下鸟们的姿态，迎头碰见刚从图书馆走出来的刘院长，便在路边聊起来。

传说喜鹊是农家的吉祥鸟，但在如今的农村里很少了，可咱们这紫槐园里就有几窝，数十只鸟儿成群结队，翩翩起飞，蔚为大观。

有时，你在窗台上撒下一些馍渣渣，便有鸟儿纷至沓来争食，即便窗内有人观察或拍照，它们也不怕，视为很自然的事儿。

园里的数千米火棘篱笆，密集的小红果儿最吸引飞鸟光顾了，并且一来就是几百只，黑压压一大片，篱笆墙成了鸟墙……

为什么园子里的鸟儿多呢，究其原因，一是离秦岭近，鸟儿来去方便，出入随意；二是嘉木多，鸟儿也愿意选良树而栖，这是它们的审美所致；三是不打农药，没有污染，鸟儿对环境的清洁最敏感，它们选择性强，最不愿委屈自己了。

在如今这个世界上，所谓的净土真的是越来越少了。

秦岭是植物的宝库，动物的乐园，宗教的圣地，大自然的原土，所以，居于秦岭山脚，的确是一种福分。

这是大家的共识。

夜幕沉沉降下来，我们才各自回屋。

而鸟儿们呢，仍在草林间喧闹，它们比人自由多了，幸福多了。

8 晒场

教授村的几排平房，坐落在学院东北角的一块高地上。阳光充足，视野开阔。

植树的老乡对我说：住在这儿好。

为啥好？我问。

老乡胳膊一扬：这个高台，自古以来是晒场。

嗨，晒场。

我想起农村麦收时节的光景，眼看着庄稼黄了，全家人挥镰出动，赶紧收割回来，摊排在晒场上晾干。随着阳光一天一天地聚焦，给劲，麦穗儿变脆了，香味儿增浓了。这时，大家排成队，挥动手中的连枷打下去，让麦粒儿从包皮中跳出来。打完一面，将麦把子翻过来，再打另一面，直至颗粒全部跳出来。然后，再用风车吹掉浮灰杂叶，晒场上最后堆满了黄澄澄的麦粒儿。再经过几日大太阳的暴晒，湿气就全没了，就可以装袋入仓。

晒场周围堆起的高高的麦草垛儿，是孩子们夏夜玩耍的乐园。可以分成两派，各据几个麦垛进行争夺战斗；可以捉迷藏，在垛下挖个洞儿钻进去，让对方找不着；可以爬上垛顶，仰面朝天数星星、讲故事。

年龄稍大一些，那相互间遮挡的麦垛群又是谈恋爱、交女朋友约会的地方，身下麦草的温暖和香氛给人一种安稳、厚实，却又松软舒服的感觉。

所以，只要一提起晒场，心头就泛起一股阳光饱满，收获丰硕的滋味儿。

人常说：就着阳光多晒麦。务庄稼是这样，其实做学问也是这样。

在明媚的阳光照射下，不能偷懒。

住在晒场上，更需要抓紧利用好时光。

9 火棘篱笆

过去在陕南山区，经常能看到“救军粮”，像绿豆大小的红果儿簇拥在一起，漫坡漫野地生长，颜色鲜艳热烈，惊诧了路人的眼眸。

为什么叫“救军粮”呢？据说先朝农民起义军黄巢，曾在秦巴山区辗转作战，条件十分艰苦，兵将们饿了，就会摘下红果儿来充饥，然后继续行军，此物从而得名。

我在饥饿时也吃过，摘一把塞进嘴里，酸涩酸涩的，嚼碎了咽下去，还真管用。

多年后，当我在现代学院的校园里看到“救军粮”时，好像见到了老朋友，很是亲切熟悉。摘一颗尝了，味道没变。许许多多的风云岁月已经逝去，本人也由天真的少年，经过激情的青年，进入沉稳的中年……脸上的皱纹密了深了，但“救军粮”还是这么饱满、明亮、殷实，给人喜悦。在这小红果儿面前，人似乎显得很高大，可人一开花、结果，就老了。“救军粮”呢，年年开花、岁岁结果，风采依旧。

园丁告诉我，它的学名叫“火棘”，树形优美，夏有繁花，秋有红果，果实存留枝头甚久，在庭院中和道路边可以做绿篱以及园林造景材料，美化、绿化环境。它有良好的滤尘效果，对二氧化硫有很强吸收和抵抗能力。它的果实、根、叶入药，性平，味甘、酸，叶能清热解毒，外敷治疮疡肿毒，是一种极好的春夏看花、秋冬观果植物。

现代学院把火棘种植修剪成篱笆，围着校园、围着教室、围着宿舍，转着教师和学生，围着我们的眼睛和脚步，形成一道瑰丽的风景。

我喜欢在火棘篱笆间的小道上散步，放眼望去，那碧绿的枝叶，给人以青春蓬勃的感觉；那殷红的果儿，给人以成熟热情的冲动。

尤其是冬天，好像天越冷它越红。在层层白雪的包裹中，火棘的热烈丝毫不减，使我觉得生命就要这样燃烧才有活力。

大雪纷飞中，我在火棘中行走。我的眼前，红果儿像珍珠闪亮；我的耳边，朗朗的读书声如歌似鼓……

10/惊驾村的醍齐酒

秦岭北坡下的环山公路上，新开了许多农家乐。

那天，在“新态居”，我喝到一种红酒，酸甜微涩，口感很怪，能提神醒脑。

“这是什么酒？”我问。

“我们自己酿的醍齐酒。”男主人是个中年汉子，他笑眯眯地回答。

“用什么原料？怎么制作的？”我追根究底。

“用各种粮食、果子。家传秘方酿的。”男主人不往下说了。

我知道，家传秘方自然是保密的，问不出结果。

男主人不说方子，只说这酒好，有营养价值，能抗毒杀菌，还能降低人体血清胆固醇，阻止血栓形成，益气强身，等等。

大家都笑了，说他是王婆卖瓜，自卖自夸。

男主人摆摆手，讲了个故事：

我们家住的地方，叫惊驾村。惊驾村提子酒，有很久的年头了。当年，这一带水草丰盛，野物欢实。有年秋天，汉武帝领着马队来打猎，看见一头野鹿，武帝策马追赶，搭弓射箭。弓响箭出，但武帝用力过猛，没收不住身子，便从马上摔下来，腿拧伤了，皮擦破了，鲜血渗出。大臣们顺着炊烟，急急把武帝抬到附近一户农家来休息。农家的老奶奶拿出一壶酒，用棉布醮酒擦在武帝的腿上，血止了。又把酒温热，让武帝喝下去后，周身不疼了，半个时辰后，精神劲儿就来了，乘马继续去打猎。此后，这儿就叫惊驾村。这老奶奶，就是我的奶奶的奶奶的奶奶……这酒，就是你们现在喝的提子酒。

男主人的故事，究竟有多少可信成分，难说。长安南野，过去一直是皇家狩猎场，历朝历代行走在这片土地上的大人物太多了，什么事都可能也可以发生。农家常常在挖庄基地时，便会掘出古墓和值钱的文物来。这个醍齐酒的历史，我们无法也不用来考证了。

突然，同行的一位女士叫起来："哎呀，这酒真有作用，刚才，我的腿被蚊子咬了几个疙瘩，痒疼痒疼的，用手指醮酒抹了一下，看，不疼不痒了。"

"真的吗，那就再来几壶。"朋友们嚷嚷。

由于女主人是汉中人，便把陕南的美食带过来了。炖土鸡、炒粉皮、豆腐脑、槐花饭、烙糍粑、葱花饼，还有煮得黏乎乎的苞谷糁儿稀饭，家常味儿挺可口。

饭罢，我又多买了几瓶醍齐酒，准备带回细细品味。

11/烟雨问道阁

细雨从天上筛下来，撒开满世界的丝线；云雾从秦岭扑过来，像细雨的情人急匆匆地赶来相会；庄稼地里的地气往上冒，仿佛也来参加天地云雨的浪漫聚会。

高 47 米，叠起 13 层的问道阁，在烟雨中如一个灯塔，挺立在田峪河畔。

阁内，灯火通明。白发飘飘的道长正讲道说法。老道长是楼观台老子墓的守护者，他从年轻的时候开始，就住在庵棚里，每日读经，扫墓，与上天的圣贤对话，与身边的自然界交流。几十年独居山野，思想灵通了，口舌却笨拙了。

《道德经》的深义是什么？

老子伟大还是孔子伟大？

道教与佛教之间有什么区别？

我们应该怎样修道？

面对一连串的提问，老道长应接不暇，尽管他耐心讲解，但求道心切的学习者仍然不很满意。

我知道，道教圣地楼观台就在对面不远处，但云遮雾绕根本看不见它的真实形状。是不是每个学道的人，都有必要亲手去抚摸楼观台上的每一棵古柏呢？不一定，只要道在你心中，你信仰它就行了。

喘口气儿，又回到阁内，讨论还是继续。有一位女士拿出新买的玉手镯，请道长开光。老道长将手镯握在双掌之间，闭目诵经，做了一番法事，然后把手镯还给女士。

女士将手镯套在腕上，脸上涌出欣喜的神色。

我不敢亵渎宗教的尊严，但我搞不清那一番加持和开光，是否真有神力已经注在手镯上了？那女士的欣喜之色，是来自手镯，还是来自她的内心，恐怕是后者。

天气也真奇怪，问道交流结束，太阳竟然出来了，雨停住，云撤走，地气也回落，世界瞬间明亮起来。远处，秦岭山坡清晰在眼；近旁，田峪河水哗哗流淌；脚下，财神庙的建筑华丽堂皇。

12 摇钱树

世上有无摇钱树，可以说没有，也可以说有。

说没有，是因为在物质的大千系谱中，并没有摇钱树这个实际的东西。说有，是每个人都有自己赚钱的方式，有一棵精神意义上的摇钱树。

农民的摇钱树是锄头，工人的摇钱树是榔头；教师的摇钱树是讲台，书画家的摇钱树是毛笔；商人的摇钱树是公司……这个摇钱树的品相有很多，有的是实物，有的根本看不见摸不着。

每个人都守着摇钱树，在那儿拼命地摇啊摇啊，有人摇成了富翁，有人则摇成了囚犯。

摇钱树长什么形状的枝，开什么颜色的花，结什么味道的果，我真说不清楚。

那天，在终南山下的赵公明财神庙里，我看到了摇钱树的身影。它金色的挺拔的树身，弯曲的枝条，上面挂满了麻钱，一摇，全身叮当响。但是那些麻钱，并没落下来，噢，这只是一个铜造的景观树。

导游小姐说：你摇呀，会有好运的。

我伸出双手去摇了摇，麻钱相互撞击，声音很悦耳。

我问起摇钱树的来历，导游小姐说，它最早出自《三国志·魏志》，其中的《邴原别传》讲了一则故事，说是一个叫邴原的人，在路上拾得一串钱，由于找不到失主，他就把钱挂在一棵大树上。随后路过此地的人，见到大树上有钱，以为是神树，于是纷纷把自己的钱也挂在树上，以祈求来日获得更多的钱，从此人们就形成了摇钱树的习俗。

根据这个说法，人们最初并不是从树上摇钱、取钱，而是往树上挂钱、攒钱。这是一种积累，不是索取，好现象啊。

导游小姐又介绍，民间还有一种说法，说是有个勤劳的农夫，有天在田间劳动，过来一个白发老人，给他一颗种子，让他每天挑七七四十九担水浇灌，水里面还要滴七七四十九滴汗珠，快开花时再滴七七四十九滴血。这个农夫照着老人的话做了，结果种出的树是摇钱树，一摇便掉下铜钱。后来此消息传开，于是不爱劳动的懒汉便四处去找摇钱树，没找到，就寻问农夫在哪儿？农夫告诉他："摇钱树，两枝杈，两枝杈上十个芽；摇一摇，开金花，创造幸福全靠它。"原来，农夫说的摇钱树就是人的双手，即钱财来自辛勤劳动。

不过在当今社会，摇钱树的最初含义已经变了很多。有人为了赚钱，不劳而获或者少劳多获；有人为了赚钱，坑蒙拐骗贪赃枉法；有人为了赚钱，杀人放火坏事做绝。

摇钱树旺盛了，能养人；摇钱树倒塌了，也能压死人。

投机取巧的事做多了，害人终害己。希望每个人都能小心地去寻找那棵摇钱树的苗子，用勤劳的双手和汗水来精心培育它，让它结出自己的果实。

财神庙里的摇钱树，给人的应该是启示，而不是贪婪。

13 南山风景画

南山是欢乐，回荡在我们童年的记忆中；南山是苦难，纠缠在我们成长的历程中；南山更是史诗，铺垫了我们生命的底色。

此刻，我坐在终南山下，品读程玉宇的散文。窗外，秦岭的山脊线在天空中蜿蜒起伏，似画家笔下墨勾的线条，飘逸而潇洒。

程玉宇的南山，从狭义上讲指的是山阳县五里桥村红椿树沟那边的南山，但我从他的字里行间，却读出了广义的南山，那就是苍茫南秦岭的乡野风景画。

玉宇的散文是画家的写生，充满线条和色块的渲染。“从一座古朴的石拱桥走过去，就是一条蜿蜒的乡村小路。那路如蛇般扭曲着身子，直窜进沟里去了。而在乡村小路的南侧，便是那条从深沟里流淌下来的索峪河。就在河流的拐弯处，一堵立楞楞黑压压的石壁，便从河面上崛地而起……还隐隐约约能看到三两户人家的白墙和黑灰的石板房皮。”像这样简捷准确的勾勒铺排，在书中经常可以看到。

玉宇的散文是诗人的草稿，意象迭出词语灵动。“雨后初晴的早晨，刚推开窗子，便见南山的每一个皱褶和每一条沟壑里，都蒸腾着白茫茫的烟云，那些烟云一嘟噜一疙瘩地蒸腾着，翻滚着，渐渐地融汇一起，将整个南山笼罩得仅仅只剩下山的一角，岩的半片。一忽儿，那烟云又收拢稀薄起来，化作了一条美丽的飘带，足足有四五里路长，缠在整个南山的半腰。”诗情画意的描写，是散文创作常用的手法，也是这本书精彩的主色调。

读程玉宇的散文，常常能使人陶醉其中，心动神往，恨不得立即扑入他描写的那片清静世界中。

这几年，我读过不少陕西作家的散文集，像这样一往情深、专注沉着、深入细腻地抒写山野情景的作品集很少见。当今社会人心浮躁，商气充盈，作家的创作中避免不了地浸入了过多的世俗倾向和功利目的。而眼前的这本集子，则呈现出一种清正纯粹的散文质地。

我去过山阳，知道程玉宇是个严厉的律师、豪爽的酒友、快乐的“庄稼汉”，然而他写出了这样绵心静气的散文，让人有些吃惊。

仔细读之，书中自有答案。原来，程玉宇的宅院“拥山庐”，就坐落在山峦环抱的乡村，他时不时回去“种豆南山下”，夜里搬一把躺椅，泡一壶好茶，看花开花落，听鸟语虫鸣，把疲惫僵硬的心，调抚得温润顺和起来，从而感受和接纳大自然的天籁。

那篇《乡村月色》，可以说是他的一路沉吟与心灵独白。“我为什么在城市里会心浮气躁？因为城市里是追逐金钱和声色犬马的地方。我为什么一回到乡村就感到身心愉悦？因为乡村、田园是我们所有人的老家，是我们灵魂的归宿。”

由此我想，文化人应该有两间房子，一间房子在闹市，是上班、应酬、生活的场所；一间房子在乡下，是吸氧、调心、安神的地方。现在的文化人普遍缺氧，稀释感情，因此很难写出味道醇厚的作品。

浮奢油滑可以获得一时的虚荣，难得长久的安谧。而文字以长久、温润为上乘。

我很羡慕程玉宇在城市和乡村之间自由游走、顾盼大方的生存状态。

后来又看到了程玉宇的绘画作品。

这既是他文字长期蓄养的升华，又是对书面描写单一的补充。

一边写，一边画，“拥山庐”里，风景无限。

第三辑

风流处处在

1/飘风自南

一

“飘风自南”是一块匾，挂在周公庙内。语出《诗经·大雅·卷阿》篇中的“有卷者阿，飘风自南”，由清时庙王村学士王麟写于道光二年，大楷涂金，清神醒目。

可以想象，一阵阵清凉的和风，从南边的川道上吹过来，夹带着麦香与草味，在鼻中回旋、在身上抚摸、在心头流动，那是多么惬意啊。

第一次到周公庙，我就被它的优雅环境所吸引。它位于陕西省岐山县城西北6公里处，面向秦川古道，背靠凤凰山，东、西、北三面以山为墙，南向敞开，状若簸箕。

朋友徐岳说，他在庙内住过一个夏天，暑热的中午外出去汗流浃背，但晚上室内还要盖薄被子。院里树木茂密，却没有蚊虫，奇。

岐山文友道，古时天下凤凰鸟可能不少，但能鸣叫的只有此地。这是周文王栖居在凤凰山上，亲耳听到的，故有“凤鸣岐山”之典。

庙主杨慧敏介绍，当年，这儿是周王朝贵族祭祖游歌的场所，也是中国最早的风景区。诗经中记载:“岂弟君子，来游来歌，以矢其音。”

话都有理、有据，加深了我的印象。

二

几十年前，我就来过周公庙，当时游人较少，感觉寂静自然。今年再来，还是原样，古风老貌，没有过度开发。又见周公，飘逸依旧。

陕西的历史文物遗迹很多，看大秦，要去咸阳和临潼；寻汉唐，要在西安城内外；敬佛教，要到终南山前……但要追溯时间更早的周朝，还得来宝鸡及岐山。

这座周公庙，建于 1380 多年前，其中有 30 余座古建筑，厚碑石刻众多。走着走着，一棵大树横躺路边，这是汉槐，别看它老态苍苍，但生命力不衰，既就站不稳了，全身侧卧，那枝干仍然向上长，逢春又吐绿丫。

周公庙内，最有名的，当然是三公殿了。在周公的献殿门庭，我看到一副楹联，内容是:“制大礼作大乐并戢大乱大德大名垂宇宙，训多士诰多方兼膺多福多才多艺贯古今。”基本上概括了周公的功绩。在太公献殿，也有一副楹联，内容是：“此老天下称大老，惟公终古配周公。”在召公献殿，仍有楹联：“爱遗甘棠留古今，故寻周迹赴卷阿。”都描述得很准确。

要详解内情，可去读《史记》；想听故事，有《封神演义》参阅。

最触动人心的，我觉得是民间传奇人物姜嫄和后稷。据说姜嫄野祭时踩踏巨人脚迹，怀孕生下后稷，以为不祥，便丢弃于隘巷，而过往牛、马都避而不踩；又丢弃在山林，适逢林中人多，再弃于南河巨石上，飞鸟来用翅膀遮盖，母狼来用乳汁喂养。于是姜嫄以为稷是神物，遂抱回抚养。人们尊称姜嫄为圣母。后稷便是周朝的始祖，他研究各种粮食作物的规律，教民种植，开始了庄稼生产，延续到今。

姜嫄正殿的楹联是：“培斯世奇男异女，育周家圣子贤孙。”

三

周公庙最热闹的时节，是香火庙会。每年农历三月十二日至十四日，会有陕、甘、宁、川、晋、豫各地的群众，前来求神祈子，焚香还愿。

每天几万人，簇拥在庙前庙后，山上山下。那几天简直是乡村的狂欢日呐，各种戏曲轮番登台，各种杂耍陆续出场，各种小吃摊铺密布，从怀中的小孩到百岁老人，都处在兴奋状态。

据说周公庙求子特别灵验，因为有姜嫄圣母的精气神保佑。庙内西台上建着“踩孕楼”，楼中有姜嫄踩过的石头脚印，妇女们进楼后不能说话，默默地烧香磕头，然后抬起脚来，在石头脚印上踩一下，再低头退出去。

有孕、生子，还愿时带着羊羔来，用开水一烫，羊儿鸣叫，姜嫄圣母就听见了。旧时庙会期间，院里到处都跑着羊只，守庙人顿顿吃“羊肉泡馍”。现在演变成纸羊，写上字燃香火一烧，也算是还愿了。

庙后的大殿沟，人们叫它“情人沟”。百米长的沟里，挖着许多窑洞，难受孕的女子，烧香后，当晚要与男人在窑洞里过夜、亲热，接受周公庙天地灵气的感染和祝福。这男人，可以是丈夫，可以是情人，可以是偶遇……

这当然就有些民间传说的色彩了。不过，中国很多有趣的事儿，是老百姓口口相传下来的。在传讲时，未免就加进了想象与夸张的成分。

“情人沟”只是口头野史，但沟里的窑洞还在，神秘尚留其中。

四

朋友说，周公庙有三灵：一是踩孕求子，二是八卦算命，三是玉石爷治病。

八卦就不说了，这玉石爷治病，却有名堂。

在庙后的半山上，有个“玄武玉像洞”。据《岐山县志》载：“昔年雷雨大作，山崖崩塌，闪显而出。”洞内有汉白玉石雕玄武像一尊，高一米，通体洁白，面部丰满，披发无冠，赤足戎装，足踏龟蛇，仗剑而坐。人们认为这就是玄武的化身，取名为玄武玉像。因其质地为玉石，当地人俗称为“玉石爷”。更为神奇的是，这尊玉石像与地底下的青石山体没有分离，系一块连山石。

很早以前，当地的群众中就有“摸玉石爷像可治百病”的说法，人们到庙里来，身体哪儿有毛病，就摸一摸玉石爷像的哪儿，再拍拍自己身上相应的部位，就会觉得舒服多了。

由于摸的人多了，时间长了，玉石爷凸起的脑门和鼻梁已经凹了下去，身体明亮光滑。庙会期间，摸像的人要排成长队等候。

真有效果吗？不太清楚。反正没有经过科学验证。但来到周公庙的人，都会上去摸一摸的，民间信奉约定俗成。

哪怕是心理作用，也要试一试。向往美好，是大家的共同愿望。

五

周公庙发现了甲骨文，新闻爆热。

甲骨文是中国古代文字中，最早并体系较为完整的工具。

2003年12月14日，来自北京大学的徐教授，在周公庙散步时，无意间踢了一脚，拾起一看，不禁叫起来：这是一片甲骨文啊。

于是，考古工作者便驻扎在这里进行挖掘，随后，刻有“周公”、“文王”、“新邑”等西周时期人名、地名的周代甲骨文陆续被发现。

迄今为止，周公庙遗址共出土西周甲骨一万多片，其中可辨识的文字近2600个，是中国其他地区出土西周甲骨文字总和的两倍之多。

专家们称此地为“西周殷墟”。

这其中有许多甲骨是周公旦本人使用过的。

风物靠遗留，故事靠传说，考古讲证据。

有人将这地儿呼为“周公别业”。的确，周公庙旁边的栖凤峡谷，植被丰茂，温度适宜，景色优美。

不妨登高望远，向前看，秦岭脚下的关中平原一线铺展，烟树迷蒙，壮阔大气；往后瞧，凤凰山与千山山脉相连，峰峦耸起，层层叠叠，铺向无限。

2 古豳之地

象石

旬邑县在陕西中部，在渭北旱塬的南缘，系《诗经》里反复吟唱的古豳之地。

300 万年前，这块土地上森林茂密，水草丰盛。各种植物竞相绽果，各种动物活跃热闹。天上大鸟展翅冲云，湖中游鱼浅翔嬉戏。是一个美丽、富饶、有趣的地方。

那时的环境没有人为的破坏，但从古以来自然界的陷阱依然不少。

有一头大象，顶着阳光，迎着熏风，在森林中开心地漫跑。突然，脚下的地面软塌下去，它意识到，这是沼泽，就大声呼救，拼命挣扎，但越陷越深。亲人们闻声赶来，眼看着它消失在泥湖之中，却无法援救。

这头大象淹没在了湖底。

它被密封起来，没有空气，只能停止呼吸。

它好像睡着了一样，摊开四肢一动不动。

这一觉睡得可长了，转眼就是 300 万年，

公元 1975 年的夏天，西塬村的农民挖地的时候，感觉到下面有庞大的硬物，便报告给县文化馆。文化馆的干部去一观察，发现这是一具象的骨骼化石。于是，这头大象就又站立起来了，但没有生命，只有形体，或许还有灵魂。

专家们命名它为“黄河剑齿象化石”。还特意为它修了一座展览馆。

就在它冰藏的附近，后来又挖掘出了一具板齿犀牛化石。

于是，犀牛来给大象做伴，大象就不孤单了。这是百万年前就确定了的缘分，注定要相依相随，一同走出古豳之地，一同走向世界。

当然，它们早已不能行动，但全世界的人都赶来看它们，把它们巍峨的形象拍成照片带到各地去。

大象体长 8.45 米，身高 4.30 米。犀牛小一点，但也体长 4.8 米，身高 3.1 米。在今天的人们看来，它们的确是庞然大物，比如今活跃在南方密林中的那些象大多了。

但在百万年前，它就是这个骨架。

难道日子越来越长，动物的形体却越来越小了？

是空气缺氧了，食品变质了，环境污染了？

是品种退化了，血液不浓了，神经委顿了？

这些都是不解的秘密。

大象和犀牛的记忆，仍然停止在当年陷入泥淖的恐惧之中。

我站在展览馆里，感觉到它们不是没有生命。而是止息不语。

它们的骨骼上带着很多信息，就看你能否读懂。

斜塔

说起斜塔，最有名的当然是意大利的比萨斜塔。

此塔在意大利的比萨小镇，是一座由白色云石垒筑起来的古塔。它建于 1173 年，外墙面均为乳白色大理石砌成，罗马式建筑风格。从地面到塔顶高 55 米，倾斜约 10%，即 5.5 度，偏离地基外沿 2.3 米，顶层突出 4.5 米。它的倾斜问题不断地吸引着好奇的游客来观光、学者来研究。

1990 年，当地政府担心比萨斜塔倾斜程度加重，会有危险，曾停止向游客开放。此后经过 11 年的修缮，耗资约 2500 万，斜塔被扶正了 44 厘米。专家认为，只要不出现不可抗拒的自然因素，经过修复的比萨斜塔，300 年内将不会倒塌。

比萨斜塔作为奇观，仰者众多。但受条件限制，每天只能限人限时开放，每次只能 20 人，游览时间为半个小时。于是，游人需要提前一天订票才行。

你真想看斜塔吗，何必远渡重洋去意大利，陕西的旬邑就有。

旬邑的泰塔，建于北宋嘉祐四年（公元 1059 年），时间还早于比萨斜塔。塔高 53 米，与比萨斜塔相差不多。塔为八角七层楼阁式砖瓦结构，内有木梯可攀登至顶。每层有拱形门洞与长方形假门相间，两侧砌有直棂形窗子、刻着菱花窗眼。塔上有56个翘起的螭首翼角，挂着56颗风铃，风吹铃响，天乐一片。

泰塔古朴雄伟，是典型的中国传统特色建筑。

古人有诗咏塔：

玲珑金刹跨豳阳，
七级芙蓉舍利藏。
风雨翠屏形突兀，
云霞白色镜苍茫。

泰塔现在偏离中心线2.27米，远观上去明显倾斜。

倾而不倒，是工艺的精湛呢，还是古豳之地有特殊的地理气象？

近千年了，经过了多少风吹雨打、雷击地震？

今天的建筑如果倾斜两米多，会是什么结果？

这都需要我们认真地思索。

唐家

自古以来，乡下人有钱之后，最喜欢干的事就是盖房子。

深宅大院越辉煌越好，一是可以显摆自家的经济实力，二是住起来宽敞舒适。

唐家大院在旬邑县的太村镇，是唐景忠家族的私人宅院。

唐家是秦商代表，当年财大势大，名扬西陲，商号遍及陕西、甘肃、四川、安徽、江苏、福建等 13 省 50 多个县，人称“汇兑中国 13 省、包捐知府道台衔；马走外省不吃人家草，人行四川不歇人家店”。

唐家有钱以后，仍然把家宅修建在遥远而贫瘠的旬邑塬上。他们从清道光五年（公元 1825 年）开始动土，历时 43 年，每天参加修建大院的铁匠、木匠、画匠等各种工匠多达 340 多人，到咸丰元年（公元 1851 年）各种工匠增加到 3200 多名。共建成宫殿式庭院 87 院，约 2700 余间。

在清嘉庆年间，唐家不过 60 多口人，就有仆人丫环 165 人，还备有鹦歌轿 66 辆，“出门不离车马轿，全堂执事开道锣”，威风至极。

后来经过天灾人祸种种原因的摧残，慢慢衰败，现在只剩下两进三院，150 余间了，但仍能看出当年的恢宏气势。

院落的布局以北方四合院为主，掺入苏杭园林的精巧。墙壁是水磨石砖，最见艺术价值的是壁上的砖雕、地上的石刻、门窗上的彩木图案。像那有名的砖雕八骏图，形态各异，腾上跃下，生机勃勃，在数尺大的方框里做尽了文章，确属精品。还有木刻醉八仙、二十四孝等人物故事，牡丹、梅竹、菊花、旱莲花等花草彩绘，也是匠心独具。

唐家大院的门墩是两个石鼓，雕着骑马行乐图。门环像两个圆形铜钹，扣在实木上。

门是人的脸，还是圆润喜衲一些好，这是古训。

唐家的往事很多，几乎每位村民都能给你讲述一段传闻。信不信由你，但讲述者的神色已然满足。

库氏

传奇的地方必有传奇的人物。

库淑兰被国外称为“东方毕加索”。

其实，她只是一个旬邑乡村的劳动妇女。

库淑兰生于1920年，很小就嫁到夫家，吃尽了苦头。她迈着小脚上山去割草、砍柴，挑着100多斤的重担回家。在旧社会，妇女没地位，白天给丈夫做饭，晚上为丈夫暖脚，稍不如意，老汉就拿起棍子打她。

但库淑兰心灵手巧，喜欢剪纸，喜欢唱歌。一边劳动一边哼唱:“挑起担子扇起风，还比骑马坐轿轻。”于是苦痛就减轻了。只要有空闲，她就会拿起剪刀，将没啥用处的废布旧纸剪成图案，贴在墙上窗上。当然，少不了又得挨老汉的训斥。

照常理说，她就是农村一个聪明、吃苦耐劳的小媳妇。

但是，奇迹发生了，在库淑兰 65 岁时，有次走路不小心掉下了土崖，被家人发现抬回去后，躺在土炕上昏迷了 40 多天，眼看不行了，家人已准备给她办后事。突然有一天，她清醒过来，说：是神保佑我活过来的，我要剪神仙。

于是，她进入癫狂状态，发疯似的剪出自己认为是神仙的各种人物。有时一天不吃不喝不下炕，手中剪个不停，谁也拿她没办法。

至此，库淑兰好像经神仙点化，已经超越常人。

她对别人说：我是剪花娘子。

她剪出了许多大大小小的妇女、树木花朵图形，贴满了自己住的小窑洞房。

谁也没料到，库淑兰不识字，没学过美术，但她的剪纸作品色彩那么艳丽、构图那么饱满、想象那样丰富。她剪的骑马打伞的女孩子，前面有花狗，后边有彩猴，天上还有蝴蝶飞，造型变异但生动逼真，完全是浪漫夸张的手法。她的巨幅作品《剪花娘子》，高 4 米，宽 1.7 米，由 2800 多个小圆点剪纸粘贴组成……时空变幻，造型奇特，与西方印象派大师的手法很接近。

库淑兰的剪纸作品还经常带着自己编的民歌词，比如《十二月花》：“正月里冰冻立春消，二月里鱼子水上漂；三月里桃花红似火，四月里杨柳罩青花；五月里仙桃你先尝，六月里梅子满脸黄；七月里葡萄搭起架，八月里西瓜弯月牙；九月里荞麦成起垄，十月里雪花到关陇；冬月里柿子满街红，腊月里年货摆出城。挣下银钱是买卖，挣不下银钱你回来。”歌词的状物比兴，喻景寓情，十分到位。

有一年，县文化馆进行民间文化普查，偶然间发现了库淑兰的剪纸艺术，便给予关注和支持。第二年恰好有个机会，库淑兰的作品被送到香港去参加展览，香港、台湾的观众看了后惊称为“天人”。带去的作品，也被抢购一空，有些还印成大幅广告画。

香港的《联合报》、美国《侨报》等海外媒体，纷纷发表了对库淑兰作品的评论。台湾的《汉声》杂志，专门推出“库淑兰专辑”，还印刷出版了一本库淑兰的剪纸作品画册，大开本，厚厚几百页，比砖头还沉。

西方人见了库淑兰的作品，也惊呼了不起，觉得她与毕加索一样，都有一股神奇莫测的力量。

对库淑兰现象，也有人持怀疑态度：后面是否有推手、有专业画家帮衬？

于是，就有电视台赶到遥远的旬邑乡村来现场录像。库淑兰坐在自家院子里，根本不看镜头，一边剪纸一边唱歌，显示出大师的气度。

北京的著名画家也前来与库淑兰对垒竞演，不得不佩服。

慕名前来寻访库淑兰的人越来越多，她那木柜里当年的存货，也被搜刮一空。

84 岁时，库淑兰安然离世，去见保佑她的神仙了。

现在，库淑兰在当地带的弟子，也剪出了不少作品。但是那种灵气，与师父相比还是有很大距离。

天才是奇迹，是绝无仅有的。他们用短暂的光亮照彻大地，然后飘然而去。

库淑兰这样的世界民间艺术大师，出现在古豳之地，谁能说与潜藏的山水灵气、古风遗脉没有关系！

马栏

马栏是个地名，在旬邑东塬。

周朝时这儿是蓄马训练的草场，因此得名。

其实现在的马栏很小，只有一个村，一条街，千余人。夜晚的时候，四山宁静，气温凉爽，是休闲度假的好地方。

但马栏曾经设市，曾经聚集过四五万人，红旗飘飘，歌声嘹亮，热闹非凡。

那是 20 世纪 40 年代初，这儿是延安革命根据地的南大门。在四山包围的小小盆地上，有中共陕西省委、关中地委、河南省委、山西省委等大的机构；有学校、医院、药厂等设施；有骡马市、供销社、粮店、客栈等商业场所。这儿是陕甘宁边区商品、药品、食品的集中地，周转地，人称“小香港”。

抗日战争和革命战争时期，很多进步青年，经过这儿走向延安；很多高级领导，经过这儿奔赴战区。

1943 年，这儿是马栏市，仅次于延安市的建置。

马栏为中国革命做出了显著贡献。尽管它地盘这么小，不那么引人注目，但历史的光辉不容抹杀。

在马栏，我被两处房屋所吸引，拍了很多照片。一处是 1942 年军民大生产时修建的工字房，青砖灰瓦，木柱围廊。外边简洁整齐，伸出的房檐可以遮阳挡雨。里边锥形屋顶，高大畅亮，通风顺气，让人感到很舒服。

另一处是长排窑洞，十几孔列在山岩边，门前是青砖地面。当时的领导干部一人住一孔，进门办公，出门碰面。在院地上吆喝一声，家家能听见，可以出来交流沟通，甚至端着饭碗站成一圈儿聊天。

我很喜欢马栏这种宽敞、和谐、平易、相通的环境。

现在，很多人来马栏参观学习，我觉得大家应该在这儿住上一段时间，敞开心扉，高声唱歌，大碗喝酒，爬山流汗，回归自然。这儿的天然气候，还有当年这儿的克制私欲、公心干事、团结一致、振臂图强的气氛，都是极富营养的。

3 西凤

一

有种酒名叫西凤，西来的凤凰，多好的名字！

后来我才知道，望文生义是不准确的。

这个凤，是陕西省凤翔县，取自地名。

它的历史久远了。

李白喝着它，成了诗仙。

杜甫喝着它，成了诗圣。

士兵喝着它，成了将军。

老百姓喝着它，忘了劳累。

手艺人喝着它，忘了忧愁。

二

我第一次喝西凤酒，呛出了眼泪。

它的味道很浓、很烈，酒精度高。

是地域环境禀赋的？是西风寒冷决定的？还是西北人老实，不会勾兑？

对于一个来自南方的不太善饮的人来说，有点畏惧。

某天聚会，朋友点西凤酒，我叹了一声，朋友理解，说：西凤有了新特点，新品种，你尝一下吧。

浓液入杯，凤香泛起，鼻孔清爽，轻啜进口，感觉不错。

我要过酒瓶一看，上边印着“柔西凤”。

一个柔字，让人心里十分熨贴。西北人也在变化，也在包容，也在点点温情。

这个度数适合我，于是大醉，被柔倒了。

三

逢年过节，亲友、学生们总要来看望。

中华民族是礼仪之邦，正常交往还是需要的。

本人无官无权，只是个文人，所以愿意上门的，则为情感所至，我便不拒绝。

他们提的礼物中，常有酒。

我把西凤留下，其他的，又送出去了。

有外地的朋友来，就拿出西凤招待他们，说：来，尝尝我们陕西酒。

外地的朋友都伸出拇指称赞，不知是真情，还是假意？

反正我听了高兴。

这酒啊，已不是烈性的水，而是乡情、是秦风；是韵味、是心意。

做人要做性情中的人，饮酒要饮有感觉的酒。

四

最近写了几句顺口溜：

百岁很简单，
一日两个蛋，
大步走天下，
小醉似神仙。

这是我的健康生活概要。

无非一二三：每天快走一万步，吃二个鸡蛋，饮三杯酒。其他的粮食蔬菜，随意了。

酒是好东西，微醉小睡，起来后，天地履新。

但不可贪杯。

有个作家叫古龙，我爱看他的武侠小说，但不喜欢他酗酒。

节制是福，放纵为祸。

五

除了小饮，还有个癖好，收藏酒瓶子。

瓶子是载体，是证明，是纪念。酒是水，喝掉便无，虚空在感觉中、情绪里，把握不住。但瓶子可以留下，摆在架上欣赏，勾起记忆画面。

黄永玉设计的灰色布袋酒瓶，曾让我陶醉不已。尤其是那一截拴在瓶口的麻绳，更是神韵之笔。

奥运会之后，有个水立方酒瓶子，让我眼睛一亮。

那年去西藏，看到用牛皮缝制的酒囊，便千里迢迢带回家。

朋友、家人，都知道我这个爱好，就常常来锦上添花。

于是，我的酒具越来越多。

如今，酒瓶的世界太丰富了，有圆形、扁状、不规则的过度体等等，让人不忍释手；材质呢，玻璃的、陶瓷的，甚至镀金贴银的，让人眼花缭乱。

酒的质量在提升，瓶的造型在发展，中国的酒文化，绵延不绝。

西凤酒的瓶子，像那个鲜艳喜庆的国花瓷，还有特制的书画系，也站在我的藏品中，熠熠生辉。

有时空闲，站在架子前，望着那些排列整齐，各呈风韵的酒瓶世界，许多记忆升腾起来，不饮自醉。

4 大柳塔速写

天上的云

车到大柳塔时，夜色已经降临。

盛夏的西安，气温高达35度，而大柳塔，比西安低10度，并且风是凉的，不闷，于是晚上就睡了个好觉。

早晨多眯了一会儿，走出房间时，太阳已经出来，抬头看天，吃了一惊：怎么这般蓝？这是青藏高原吗？不对，这是陕西与内蒙的交界处，鄂尔多斯盆地的边缘，神东煤炭公司的所在地大柳塔呀。

爬上宾馆对面的坡顶，居高望远，广阔的天宇气象尽收眼底。

蓝色的穹空是一展无际的大舞台，各种云朵是变化多端的自然精灵。左边，浓云列阵，像连绵耸立的山峰；右边，淡云飘浮，如轻盈舒卷的棉絮；头顶，彩云堆锦，似涌起而凝固的海浪；远方，碎云簇拥，简直是撒在草原上的羊群了……

稍停半晌，云彩又在天空演幻着模样。太阳是它们的灯光师，用强弱色射来调节氛围；风神是它们的调度师，吹动着队列疾飞或慢舞。而导演这场云图盛宴的，无疑就是大柳塔的土地神了。

晴空白云之下，地面上有一些高耸的蓝色塔楼特别显眼，这是神东公司的煤仓。再往下，还有蓝色的厂房，穿着蓝色工作服的工人。

蓝天、蓝楼、蓝装、蓝色的理想，构成眼前美丽的“神东蓝”。

地面的花

以往的岁月，我也曾到过产煤的矿区，记忆中，天幕上压着沉重的灰雾，树叶上挂着颤动的煤尘，地面上铺着黑黑的浮土，空气里飘着呛人的粉末。

可是在大柳塔，天空是蓝的，树叶是绿的，流水是晶亮的，空气是清新的。

宾馆外，垂柳婀娜多姿，丁香芳味扑鼻，槐花中彩蝶飞舞，爬墙草悬挂整洁。

步行十几分钟，就到了上湾煤矿。走进厂部大院，仿佛进了一座园林小区。道路两旁杨树排立，绿叶成荫；围地中鲜花开放，鲜艳醒目；草丛中几只白羊昂首挺身，仔细一看，原来是雕塑工艺。

在一处路旁，我发现了个景象，围栏的铁条，已经与树身长成了一体，你中有我，我中有你，相连互依，无法分割。

我们看到了明丽的环境，看到了自然景象，就是有一种东西没看到：黑煤。

来看煤，是我的目的。

可是，煤在哪儿，举目无见。

我怀疑地问：这是矿区吗？

工人说：是的。

那么，煤在什么地方？

工人手一指：就在矿井底下。

这时，我才看到，大院旁边有一段土崖，崖中开凿个拱形洞子，就是一处普通窑洞嘛，只不过，比我们常见的住人的窑洞高大一些。

那么，挖出来的煤呢？

在蓝色高大的煤塔里。

经过介绍，我才明白，大柳塔是绿色矿山，环保清洁达到世界水平，地面根本不见煤，从地下开采后直接输送到煤仓里，而火车专线也开进煤仓。并且采用了井下绿色开采技术，皮带防尘罩，全封闭储煤罐，煤场防风抑尘墙，湿式作业，快速装车系统等。煤装进车皮后，表层喷上凝固剂，然后运到海港出口，全程无浮灰。

所以，在煤城，人们看到的只是鲜艳的花色。

眼前的环保生态矿区，彻底改变了我的记忆。

井下的煤

要看煤，得到地下去。

我们在办公楼里换上了工作服，包括安全帽、护目镜、防尘口罩、矿灯便携仪和定位仪、防砸靴、自救器、手套等，全套下来几十斤重。

这是安全规定，每个下井的人都要登记。身上的定位仪，显示着你在的位置。

下楼，上小车，在花园中驶向洞口，经过检查后进入。小车在黑洞中沿斜坡向下行驶了 10 多公里，就到了距地面百米以下的开采区。下车，步行到工作面。

矿洞里灯光亮着，约有四五米宽，六七米高，井壁上，安装着整齐的锚索网，防止煤块下坠。通风管道高高架起，空气清凉，一点也不沉闷。再往前，终于看到了十几米长的开采机，还有机头上直径 3 米多的刀盘。工作的时候，先打一眼侧洞，撑起支柱，让开采机进去，然后刀盘启动，112 个钻头迅速旋转，就将煤层切割下来，煤块落在刮板运输机上，然后经过破碎机破碎，再拐个 90 度的弯，上自移机尾后经皮带机，直接运入洗煤厂。

今天上午是检修时间，我们没有看到机器工作，但了解了现代化的采煤过程。

我第一次看到井壁上机器的切割面，有一段，煤层黑亮黑亮，像镜面一样发光，干净齐整，一点也不肮脏混乱。手一摸，冰凉的，如黑色的冷豆腐。

同行的一位朋友，是矿工世家，他见了这段煤层，大叫道："啊，这么好的煤，我们几代人都没见过。"他扑上去，先用手摸，像抚摸一件珍宝。然后将脸贴近煤层，感受它的光滑。最后伸出舌头，去亲吻煤面。

抬起头来，他的眼眶里已盈出泪珠。

原来，采煤人是这么热爱煤啊。

中国神东的煤，是全球 8 块最好的煤区之一，属于高热量、含硫低的优秀工业用煤，还可以煤制油。

冰冷与火热，凝固与爆发，沉默与呐喊，潜在的能量与适当的激发结合在一起，就产生了工业文明的奇迹。

煤如此，人亦如此。

工人的家

大柳塔是陕西神木县的一个新兴镇，其对面，是内蒙古伊金霍洛旗乌兰木伦镇。

中间一条河，叫乌兰木伦河，蒙语为红色的河流。

眼前，橡胶坝聚集起来的河水微波荡漾，风景宜人，两岸是高耸的大楼及美丽的广场。

煤矿工人喜欢说：咱们阿大县。

这个所谓的阿大县，是中国神华集团神东煤炭公司所在地。

这个所谓的阿大县，最多的时候人口达到 15 万。

在 30 年前，这里可是荒漠野峦不毛之地。

1985 年，第一支煤矿工队来到大柳塔。当时，河里长满一米多高的野草，东岸的黄土高原纵横无垠，西岸的黄沙大漠不着边际。在黄土的包围中有块小小的平地，其上长着 6 棵树，住着 7 户人家，经营客栈、饭铺，为过往行人提供歇脚之处。自古以来，流放的犯人在土路黄灰中踉跄到这边服刑。做买卖的生意人从神木县出发，骑毛驴颠簸 4 天到这儿，休整一下再顶着风沙北去包头。

煤矿工人自己修了 4 孔窑洞住下来，便开始工作。

后来，人员越增越多，队伍渐渐庞大了，设备更新了，楼房盖起来了，再后来……30 年转眼而过。

现在，这儿有火车专线、高速公路，飞机场也不远。一河两岸，规模和气势超过了一般的县城。在绿林的佑护下，建着宾馆、影院、超市、体育场、医院、学校等生活服务设施。每当夜色初上，新村里，人们在散步、交谈、休闲；广场上，音乐响起，秧歌队敲锣打鼓，载歌载舞。煤城呈现着一派幸福祥和的气象。

开一个矿井、绿一片土地、富一方经济。真是这样。

煤机工人丁明磊，8年前从外地来神东应聘，身上带着全部存款1000元，交通、住宿费就花去了一大半，只好吃了7天的方便面，庆幸的是终于被录取，工资年年上涨，福利也跟进，如今他有了房，有了车，有了媳妇和儿子，还获得了许多荣誉。

像丁明磊这样的工人，应该有很多。

他们热爱这个新城。

大柳塔人去省城西安出差，办完事就急急往回赶，嫌西安雾霾严重、气温闷热、交通拥挤、街区嘈杂，没有大柳塔清凉宁静舒坦。

现在的大柳塔，是一块福地哩。

5/塞上风景

一

飞机从咸阳机场腾起，很快就爬上高空，然后向北平稳飞行。

因机上旅客不多，我挑了个窗口坐下，用小数码相机拍摄地面上的风景。

天气晴好，正是日落之前，光线柔和，层次清晰，反差分明。机翼下的景象在变化。先是关中平原的田野，灰蒙蒙一片；很快墨青色的排列整齐的山脊出现了，那是向陕北高原过渡的边缘地带；半个小时后，地面上变成纵横起伏的、随意交错的椭圆形山峁，这便是黄土高原了。

远远望去，看不到黄土高原上有人影，可能是太高了吧。只能看到翻山过沟的灰白色的公路线，路的尽头常常有一排房子，几个红颜色的机械，那是开采石油的工地。

山峁之中，突然出现了一大片已经平整的土地，可能是待建的延安新城吧。

一个小时后，地面上出现戈壁沙漠，榆林到了。20 多年前我到榆林的时候，乘汽车走了两天，中途在延安还要住一晚上。现在插上翅膀的飞机还是快啊。

石云岚老师已在出口迎候。

这次，我与省社科院的同事牛战美、杨岚，还有西安市摄影家协会的卜杰，应石先生的邀请，来榆林参加他的影像集《回眸》座谈会。

此前看资料介绍，石云岚老师已 75 岁了，但见面后，感到他起码要比实际年龄小 10 岁。

“欢迎来榆林。”石老师握着我的手，很有劲儿。

出了候机大厅，他从挎包里掏出一台照相机，说：“给你们照个合影留念。”

于是，在他的指挥下，我们在候机楼“榆林”两个红色大字前，拍下了此行的第一张照片。由这个细节可以看出，石老师很心细，知道为别人着想。

司机又帮助拍下了我们与石老师的合影。

天蓝如水，薄云似絮，视野辽远，空气新鲜，大家的心情都很好。

二

座谈会在榆林市高新技术产业园区朝阳路上的永昌国际大酒店召开。

参加的人员，除了我们一行 4 人，还有西安影视剧制作中心总经理翟立峰，山西河曲县人大主任赵眉才，河曲县图书馆长刘喜才，河曲县志主编牛少山，府谷县摄影家协会会长马子亮，府谷县文联副主席张继平，榆林市大夏嘉平陵研究会会长呼立涛。石老师的大儿子石栋，侄儿石志宽，外甥何文等 20 余人。

石云岚在会上做了自我陈述，他说自己出生在抗日战争期间，几岁时家破人亡，父亲去世，孤儿寡母，家境十分贫寒。上学时身体多病，历尽艰辛才读完小学、初中、中师。参加工作后，当过教师、乡干部、企业办公室主任，等等。顺应时代潮流，也下海开过饭馆，挖过煤，当过老板。失败时衣食无着，成功时日进斗金。大起大落、大穷大富都经历过。现在退休了，想把自己的人生做个总结，于是就编了这本《回眸》影像集。

他的回忆很详细，说到童年的苦难，家人的遭遇，便潸然泪下泣不成声。

以前，石云岚很少把自己伤心的往事给别人诉说，连孩子们也极少知道。所以，他的介绍敲击着人们的心扉，现场的听众均为之感慨不已。

参会的嘉宾从各个角度谈了自己的感想和看法。

大家认为，这本家庭影像集，有很强的社会意义。石云岚的个人经历，是时代的缩影，是一代人的成长史，是陕北开发的见证。石家的家族事业发展，也体现了奋斗、成功、团结和谐，走向大爱的过程。

会后是合影，题词。牛战美写了“云涌岚起”，卜杰写了“聚焦历史，记载变迁”，马子亮写了“创业世家的楷模”，杨岚女士写了一藏名诗“石破天惊重若轻，云卷云舒去留情。岚山听雨过四时，任尔东西南北风。”

冬天陕北高原的气候很冷，但大家的心里却是热乎乎的，这是石家故事带给大家的温暖。

三

石云岚是个摄影爱好者，几十年前，他就会玩照相机。不过，那时的照相机比较简单，四方匣子，120 黑白胶卷，需要自己在暗房里配药水来冲洗。

现在是个高科技时代，数码相机花样百出，功能繁多，不太容易掌握。

我们去波罗古堡采风，石云岚提着照相机一同前往，他说这是一个很好的学习机会。卜杰先生是西安市摄影家协会副主席，对于现代照相机的运用，照片后期计算机软件的制作处理等都非常精通，他自告奋勇当起了临时老师。

波罗古堡位于陕西省横山县波罗镇后边，据史载：波罗堡为正统十年（公元 1445 年）巡抚马恭置，在无定河南侧的黄云山上，依地势而筑，大致呈方形，“城周二里二百七十步，有东、西二门，楼铺十座，系极冲中地。万历元年（1573）重修，加高，共三丈五尺”。今堡城砖石砌筑部分，仅西墙和南、北两城角及北墙稍有残存。其余均被拆毁。夯土墙除南门以东基本被毁掉外，多残存。今尚存砖砌券拱同洞及北门洞，进深 10 米，宽 4 米，高约 5 米。南门外筑有一座小瓮城。明时波罗堡辖长城“三十五里四十七步，墩台三十五座”。近年，这个古堡得到恢复保护，是个摄影、影视基地。堡里堡外有大龙王庙、娘娘庙、火神庙、无定河河神庙等遗址，中原商业文化、高原边地文化、草原游牧文化在这儿交融发展。

卜杰先生带着一个“老学生”去观察建筑，选择角度，调节镜头焦距拍摄照片。石云岚虽然年逾七旬，但精神颇好，他是一个爱学习，不甘愿落后于时代的人，对于手机、上网、微信、QQ 等早就涉猎，掌握的程度相当不错。于是，不长的时间，他就能用高档的数码相机，拍摄出不错的照片了。

出了波罗古堡，我们又驱车前往统万城。

统万城位于靖边县城北58公里处的红墩界乡白城子村，因其城墙为白色，当地人称白城子。此城虽然废弃多年，可气势尚在。在一片茫茫的沙漠中间，突现一座煌煌大城，非常壮观。它为东晋时南匈奴贵族赫连勃勃建立的大夏国都城遗址，也是匈奴族在人类历史长河中留下的唯一一座都城遗址，距今已有1600年历史。统万城始建于公元413年，竣工于公元418年，整个城池由内城和外城组成，内城分东城和西城。东城周长2566米，西城周长2470米，遗址全部为夯土建筑遗存。西城为当时的内城，四面各开一门，城垣外侧建马面，四隅角楼的台基用加宽作法。城内中部偏南有一长方形宫殿建筑台基，附近出土有花纹方砖。统万城具有极其重要的历史研究价值和人文旅游价值。1992年统万城遗址被公布为省级重点文物保护单位，1996年统万城被列为国家重点文物保护单位。

拍摄统万城时，石云岚已经“出师”了。高大巍峨的城墙，细小坚韧的树枝都被他一一收入镜头。

他在城里城外翻越，墙上墙下攀登，河左河右取景，精神头儿不亚于年轻人。

四

工农联营煤矿在府谷县三道沟，石云岚在这儿当了多年的董事长，2008 年从这儿退休。

工农联营煤矿在石云岚的人生道路中，起着至关重要的作用。同时，它也是陕北煤矿工业起起伏伏的缩影。

20 世纪 80 年代，这个小煤窑上马，给开矿人带来最初的喜悦。到了 90 年代，由于整顿和严管，这个煤矿陷入绝境，让开矿人苦不堪言。进入新世纪以后，加强联营，扩大生产，煤矿上了规模，效益大增。

石云岚和工农联营煤矿，是陕北煤业发展的见证。

三道沟是个不起眼儿的小河，北边是前阳村，南边的山峁上就是长城。前阳村很小，是临近公路的一个普通山村；村子对面的长城遗址却十分壮观，墩台屹立土墙绵延。

工农煤矿就在河边。刚开始时机械化落后，他们开矿常用的工具是雷管炸药、镐头铁锹、煤油灯、水龙头……住的房子是自己搬石头垒起来的，炼焦炭就在沟里土法施工。

在这儿，石云岚有苦有乐。苦的是起步艰难，最穷的时候身上连买公交车票的 5 元钱都没有，最难的是处理矿上与村民之间的关系。他经常晚上不敢睡觉，站在山头听响声，怕出事故。有一次，听人喊叫：三轮车翻了。他赶紧跑过去查看，还好，车虽然摔坏了，但车上的三个人爬起来，都没事儿，真是老天爷保佑。

当然也有快乐的时候，那次他从城里回来，看见正干活的一个工人，脚上的鞋子破了个窟窿，就感慨说：你们东家穷啊，给工人连鞋子都买不起。工人并不认识董事长，摇摇头笑了。石云岚又问，这么穷，你们还能干下去？工人说：我们从保德过来找活干，人家说，你们去工农煤矿吧，那个姓石的骗不了你们，我们就来了。石云岚听到这儿心中暖暖的，信誉就是力量啊。

石云岚回到三道沟，心情十分激动。

听说老董事长回来了，煤矿的所有股董早早等候在办公楼前。有一个董事前几年车祸摔伤了腿，仍坚持坐着轮椅赶来。他们握手，进屋交谈，每个董事都积极发言。有的是石云岚的同辈，一起回忆当年的创业历程；有的则是晚辈，感激董事长对他的提携和帮助。

在许多地方，一起共事的朋友，因为经济问题闹得不可开交，最后分道扬镳，记恨在心，不相往来。而石云岚虽然离开了煤矿，可与大家仍然亲如兄弟，口碑颇好，这是人格的魅力和品德的感染。

午饭时，大家都给老董事长敬酒。石云岚对每个董事的家庭情况都十分熟悉，关怀备至。

分别时，他们依依不舍，希望老董事长常回家来看看。

五

终于到了哈镇。当地人叫哈拉寨，这个词语，一看就知道来自少数民族。

石云岚在这儿出生，成长，工作，后来虽然离开了哈镇，但他每年都要回来。回来过年，回来参加朋友家的婚丧嫁娶。前些年困难时候，还回来躲过债。

当然现在不一样了，他以成功人士的身份重新回到故乡。

在镇政府，年轻的郭镇长向我们介绍情况。哈镇旧社会有 3 万人，是边贸重地，现在街上只有 5000 人，全镇也只有 1.1 万多人，政治和经济中心早就转移了。这地方虽小，但有 5 处省级重点文物保护单位，近几年一手抓农牧业发展，一手抓旅游。

在土原顶上，我们看到了由石磊等人建造的万庙草场。这儿过去是荒山野岭，开发后要蓄养一万头羊。形成种草、养羊、农牧业加工产业链，解决乡村的劳动就业搞活经济。

在小河那边，我们参拜了烈士陵园。高高的塔上刻写着“抗日阵亡将士纪念塔”，背后则是马占山的笔迹“还我河山”。当年，马占山在这儿设指挥部，率众抗日，功绩彰史，镇上还有马占山建的图书馆等遗迹。

石云岚的家在镇南头，跨过一道木梁筒瓦搭建的门楼，里边是一个洁净的小四合院，两排平房，砖墙斑驳，显然已有些年份了。

石云岚站在院子中央给我们讲述过去的情景，充满感情。

这些房子还能住人，但条件太差了，于是，石云岚决定在房后另盖一座新的四合院，是带卫生间的现代化住宅。我们看到，新的四合院主体已基本完工，就剩下装修布置了。

新院后边有个小型花园，可以纳凉散步，这儿地势较高，能够望到远方的灵杰寺。那是个有历史的老寺院，但多年被废弃，也是石老师带头组织乡亲们将它修复起来，重续香火。

花园旁边的更高处还有一个规模较大的老院子，坐落在方形土台上，砖墙厚而高大，很有气势。但门锁高挂，只能透过门缝看到里边平整的大院坝。站在门前，视野开阔，远山近河尽在眼底，风水极佳。听石老师介绍，这是刘家大院，过去是马占山将军的军机处，后来办工厂，生产地毯、皮革等。解放后，大院做了粮站仓库，现在空置。

我给石老师提了一个建议，让他与镇政府协商，把这个老院子打造成边镇民俗村，可以摆放几近消失的油坊、印染坊工具等，向孩子们展示工业文明的进步痕迹及本地的历史发展，也可以恢复一些有特色的小吃饭铺、客栈茶馆等，向旅客们推荐蒙汉交界处的饮食文化。

石老师点点头说，可以考虑，这在咱家的隔壁嘛，镇政府的领导也很好合作的。

离开哈镇时，我们向北走了一段，穿过哈拉寨古城门，就是内蒙古地界了。天色已晚，远山迷茫，我们驱车返回。

六

又一天，我们从府谷越过黄河，经山西保德北上，到达河曲县。

河曲在黄河上游，是晋陕大峡谷的入口。这是一座集黄河自然奇景、黄河人文奇景于一体的历史文化名城。

河曲的“二人台”，民歌、灯会，已被列入国家非物质文化遗产保护名录。

河曲民歌二人台发展有限公司坐落在文笔塔下的白朴公园里，是一个仿古建筑院子。石云岚是这个公司的名誉董事长。

这个文笔塔赫赫有名，它高高地矗立在黄河大街东段的平梁上，远望上去非常醒目惹眼。塔的主体部分由青砖白灰垒砌，是一座圆形实心塔，高 20 多米，底部直径约 6 米，往上渐小，至顶部骤然缩为圆锥形。底座为青砖砌成的圆台，高约 8 米，顶部用石块铺就，直径约18米，平坦宽阔，边沿有戴石帽的砖围护栏，南北两侧各有50级台阶盘旋而上。塔座下层方台朝南的一面是刻有“白朴公园”四个隶体大字的石质墙壁，西、北、东三面是碑廊，古色古香的雕梁回廊镌刻着全国多位当代著名书法家的墨宝真迹，隶楷草行，书艺荟萃，诗词曲赋，应有尽有，值得观赏和学习。

听说名誉董事长一行来了，演出公司赶紧加紧排练，要做一场汇报演出。

我们进去时，排练暂行中止，演员们站起来欢迎。石老师在中间扬琴手的位置上坐下，拿起那两支富有弹性的竹制小棰儿，说：咱们合奏一曲。

于是，音乐响起，看着石老师敲打扬琴的动作，我感到惊奇。通过采访，我知道他年轻时喜欢音乐，能拉手风琴等乐器，但扬琴是一种来自新疆少数民族的击弦乐器，想学好并弹好它，就看你的基本功扎实不扎实。其演奏技法有轮竹、滚竹、滑竹、浪竹及颤音、吟音、泛音、顿音、打弦等，不好掌握。

但石老师操作得那么熟练，真没想到。

返程时，我们从龙口水库大桥过黄河，在长城渡河处的墙头乡莲花占，观赏了独特的丹霞地貌，又拍摄了很多照片。

落日抛洒余晖，映出江山如画。

夕阳无限好，何谓近黄昏。

七

最后一站，是榆林城外的麻黄梁。

榆林市有一个民间社团，叫大夏嘉平陵研究会，会长呼立涛，是个有志向的年轻人。为了研究大夏嘉平陵，他投入了大量的时间，花光了自己的工资，还花光了妻子的存款，如今家徒四壁，只落下了满屋残破的坛坛罐罐。

但他不罢手，为了嘉平陵的保护，他去省上找文物局，不管用，又跑到北京去找国家文化部长，进不了有武警站岗的大门，想尽千方百计闯了进去，见到部长递交了材料。可后来，因为各种原因和问题也没有解决。

大夏嘉平陵目前只是处于研究阶段，尚未完全证实，当然存在种种争议。但异见者也拿不出反证。

不过，危险正一步步逼近，有可能就是嘉平陵遗址的那一片地方，如今要建开发区，那些造型奇异的山头将被铲平，地下也将被掏空。

呼立涛四处呼吁要保护遗址。有人给他打电话：我们搞一个煤矿投资 10 个亿，你一个脑袋值多少钱？百十万行不行？别挡路了。

呼立涛说：钱不要，你可以随时来拿我的脑袋。

石云岚就欣赏这个年轻人为了文化保护而献身的硬直精神，

资助他成立了研究会，并且自己也变成一个研究者，参与考察，撰写文章，到处宣传呼吁。

石云岚和呼立涛带我们去看大夏嘉平陵，出城东行 70 里，过了麻黄梁，只见远处有 7 个崛起的山包，排列得很有规律，明显为堆土而成。再向前进山，几个山头的质地也为筑土，并且与统万城的建造方式一致。在一片山岗上，我看到一个叫双山堡（又叫凤凰城）的地方，周围是深深的黄土沟壑，一城屹立，十分壮观。那城堡呈不规则长方形，城基因山就势，铲削筑就，至今可见生土层，城墙夯层厚 15 厘米。城墙高 6 米有余，周长近 1600 米，但由于拆除，缺乏保护，现仅存城墙残段。这么有历史、有文化的地方，却知者甚少，让人感叹。

接着，我们又去看了西南 40 里外的长乐堡，这是明长城延绥镇的重要关堡。还有朔方城遗址、赫连勃勃出生地的石人，大开眼界。本人自称行者，还写过《黄土地上信天游》一书，但对陕北了解得还很不够。匈奴、长城、边关、战乱、黄土、风沙……陕北的历史和自然实在太丰富了。

这些地方，石云岚和呼立涛来过很多次。

最近，大夏嘉平陵研究会已搬到榆林古城老街的钟楼办公，那些坛坛罐罐也将走出阴潮的陋室，接受更多群众的观瞻。

呼立涛说：没有老石，就没有研究所的今天。

八

离开榆林时，石云岚送我们到机场。

飞机腾空而起，渐渐升高。

向下望去，我仿佛看到一个顽强而智慧的老人，在长城内外，黄河上下穿行、跋涉。

他是一种象征，给我们力量。

他是一道风景，有看不尽的内容。

6 / 温泉彩虹

以前在陕南的山峦间行走，经常会在雨后看到彩虹，它突然在空中飞架起来，那由红、橙、黄、绿、蓝、靛、紫七种颜色组成的半圆形状，与青山绿水构成壮观的画面，给人以惊喜和浮想。有一次在青藏高原上，为了拍摄彩虹的照片，我们驱车追了好远。

我总以为彩虹是与山野、草原、湖泊有关，可是最近看到的彩虹，环境却不一样。

9 月中旬的一天早晨，我们到新开发的大唐华清池观光。过去，华清池已来过多趟，对于李隆基与杨玉环的爱情，已看不出什么新的感觉了。所以这次没有进园里去，主要看外边。原先那杂乱的房屋，纷繁的摊点，狭窄的包围，都被整洁的广场，优美的雕塑，良好的服务设施取代。我的感想是：江山还要文人捧，媳妇也须巧打扮。

参观的第一个大型雕塑是“春寒赐浴”，杨贵妃站在高处，下边有侍女环围的平台，她们都被温泉水的雾气裹遮着，有一股朦胧的意境。

大家站在远处，听讲解员叙述那段千古闻名的“长恨歌”，还有镜头对着他们录像。我拿着小相机悄悄走出人堆，靠近池边，准备拍一些雕塑的细部。就在我用镜头取景的时候，眼前出现了一道彩虹，闪烁在水雾上。这个池子只有几米宽，彩虹也就几米长，但它的颜色与山里的彩虹一样，鲜艳夺目。山里的彩虹很大、很高、很远，但眼前的彩虹精致而小巧，几乎伸手可触。

我对着彩虹按下了快门。浴女雕塑在云雾虹影的衬托下，更显出一番风韵。

大家都赶来围观、拍照，皆称奇。

有人说：是不是故意设计的，用灯光打出的效果？但景区人员说，并没有这样的安排。雕塑已建成多天了，今天是第一次出现彩虹。

我说：如果能经常现出彩虹，这就是一道天然的特殊景观了。

但彩虹的出现与时间、地点、季节、气场、光线、温度等诸多因素有关。

以后还能不能看到彩虹，看到几次，谁也说不准。

能看到彩虹的人，是幸运的人；能出现彩虹的日子，是好日子。彩虹象征着天空晴朗了，视野亮堂了，道路平坦了。

今天就是个好日子，我们又去看了正在开发的临潼旅游度假区，只见骊山半坡的凤凰谷上，有虹桥飞跃；芷阳湖畔，有曲径通幽；荒野之中正现出点点意趣，让人留恋。

回到家里，我说今天在华清池门口看到了彩虹，家人不信。我说有照片为证，家人说现在的照片也可以作假。

不过，今天同游的还有宗奇、克敬、朱鸿、庞进、范超、少樊诸君，他们可以作证。

7//渭河从这儿流过

一

我在汉江边长大，因此，对水特别喜爱、特别钟情。

陕南山区由于有了一条汉江，才显得曲折秀美，丰润多情。那一江清水，不光本地人宠它，外地人也受到诱惑，这不，通过一条长渠，它已被引到北京、天津去了。

陕南有汉江，关中有渭河，都是上天的恩赐。南方爱叫江，北方爱叫河，不一定由水量大小来决定称谓，只是习惯罢了。比如黄河，比南方许多江都长都大，还是叫河。似乎河比江亲切，离人更近。

关中的渭河，是黄河的最大支流。它发源于甘肃省定西市渭源县鸟鼠山，流经甘肃天水、陕西关中平原的宝鸡、咸阳、西安、渭南等地，至潼关县汇入黄河，全长 818 公里，流域面积 13.43 万平方公里，也算是一条大河了。

渭河在历史上很有名，那是人文的缘故。周朝的宝鸡、秦朝的咸阳、唐朝的长安，都受到渭河的滋养。据史料载，早在周秦时期，渭河的航运就已经开始。公元前647年，晋国发生大旱灾，于是向秦国求救，秦国给晋国支援了大批粮食，“以船漕东转，自雍（今凤翔县南）相望至绛”，水运路线沿渭河顺流而下，溯黄河、汾水而上，直到晋国都城绛（今侯马市），说明渭河中下游水量较多，有航运之利。汉、唐王朝定都长安，每年需通过渭河运输数十万石粮食到长安。那时，渭河上粮船络绎不绝，白帆成阵，纤夫列队，号子连天。在战争年代，军船更是往来不断。外来部队数登渭水，攻近长安。皇家大军重振龙威，击退侵略。渭水是血汗之河，生命之河。

当然，冲杀声早已消遁，只留下了文人墨客的抒情吟咏。唐王维《渭城曲》：“渭城朝雨浥轻尘，客舍青青柳色新。劝君更尽一杯酒，西出阳关无故人。”唐白居易《渭上偶钓》：“渭水如镜色，中有鲤与鲂。偶持一竿竹，悬钓在其傍。微风吹钓丝，袅袅十尺长。谁知对鱼坐，心在无何乡。昔有白头人，亦钓此渭阳。钓人不钓鱼，七十得文王。况我垂钓意，人鱼又兼忘。无机两不得，但弄秋水光。兴尽钓亦罢，归来饮我觞。”唐许浑《咸阳城东楼》：“一上高城万里愁，蒹葭杨柳似汀洲。溪云初起日沉阁，山雨欲来风满楼。鸟下绿芜秦苑夕，蝉鸣黄叶汉宫秋。行人莫问当年事，故国东来渭水流。”金赵秉文《咸阳》：“渭水桥边不见人，摩挲高冢卧麒麟。千秋万古功名骨，化作咸阳原上尘。”

读着这些诗词，我幻想着当年渭河的故事。不禁心潮起伏，振衣而起。

二

真正的亲近渭河，是 20 世纪 70 年代末期。

那时，我从陕南来到西安，进大学读书。学校的农场在渭河边上，大一的时候学校安排了一个月的时间，是去农场劳动锻炼，也叫实习。

听说要去渭河农场，自然很兴奋。那儿有广阔天地，优美风光，比学校里放松多了，轻爽多了，可以野，可以喊，可以戏水畅游，可以踏青怀古，多好啊。

但是，当我们带着行李，乘大车来到渭河边上时，竟大失所望。渭水很小，浅黄一线；堤路坑坑洼洼，杂草丛生；岸边野蒿摇荡，荒乱不堪。

白天在河滩地上劳动，骄阳要把人烤焦；晚上睡在简易的平房里，蚊子要把人咬死。于是，大家把野心敛了，盼望尽快结束回学校。

后来又去了西安周边的其他河流，几乎处处是垃圾场，泥沙淤积，水质污染，于是气愤地想，什么“八水绕长安”，就是几条脏兮兮的小河嘛！真是看景不如听景。

渭河带给人们的，已经不是滋润，而是灾难了。原来，自1960年三门峡水库建成蓄水以后，渭河下游发生了历史性变化，黄河淤积年年增长，潼关卡口抬高，形成拦门沙，渭河入黄口上移，导致南山支流入渭不畅，洪涝灾害频生。

再加上大力发展工业，废物废水排泄。远望，高高的烟囱吞云吐雾，描图天空；近闻，一股股怪味扑鼻呛嗓，使人难受。环境任其恶性发展，有权的人不想管，想管的人无能为力。

美女的身上长了疮，不就诊，也会讨人嫌的。

时间进入21世纪之后，看到报纸上不断地有消息宣告，要治理西安周边环境，重现“八水绕长安”的美丽景象，可能吗？容易吗？我持怀疑态度。

三

最近去了一趟秦汉新城，真的是让我改变观念。

渭河真的换了容颜，两岸绿树成荫，河堤上是宽畅的大道，以往的野滩成了整齐的果园，成了优雅的湿地公园，有楼台亭阁，可以休闲赏景。

秦汉新城正在建设现代田园城市，使得城在田中，园在城中，城田相融，将优美小镇、都市农业与现代城市高度融合。因为生态环境良好了，来这里休闲观光的人越来越多，选择在这里居住的人也越来越多。

我在大片的绿色包裹中，看到几个高高耸起的西式城堡，让人眼界一新。原来这是张裕瑞那城堡酒庄，秦汉新城前期实施的都市农业项目之一，占地1078亩，由烟台张裕葡萄酒股份有限公司投资6亿元建设，建成后将创造三项亚洲第一：亚洲最大酒窖葡萄酒庄、亚洲第一家温泉葡萄酒庄和亚洲第一家葡萄酒SPA会所，年生产高档葡萄酒3000吨，产值6亿元。站在酒庄的高台上，放眼望去，一株株葡萄树苗子排列有序，整齐壮观。记得在关中这块黄土地上，过去哪曾有大片的葡萄园呢？我一直认为可能这里的土壤和气候不适宜葡萄生长，看来武断了。

在星河湾住宅小区中，看到天空下一湾碧蓝的池水，亮闪闪的，召唤人去亲近它。听介绍，知道凡是入住这儿的居民，均可以免费下去游泳，这个诱惑不小呐。此星河湾位于秦汉新城渭河北岸综合服务区，占地面积约960亩，由广州星河湾集团公司投资建设，包括酒店、住宅和国际会议中心等项目。它是当代居住品质、生活品质及城市景观品质的综合象征，如今就出现在渭河边上。

又看到了驰名全国的商住品牌枫丹丽舍，它坐落在兰池大道西段，果岭公园旁。此区沿袭卢浮宫的设计理念，从园林到建筑每个细节都透露出法式的精髓和情调，旨在打造别墅园林的礼序之美，体验人文与自然的鸣奏。枫丹丽舍不仅在建筑上精益求精，更开创了西安首个果岭运动公园。身边那2500亩果岭运动公园连绵起伏，曲折迂回，美妙的实景就在眼前，呼唤人们来拥抱自然，卸下生活中的压力与疲惫，步入静谧的花园。

枫丹丽舍项目在选址上，从来都是很讲究的，据说公司的老板多次来渭河畔上考察，经过慎重调研，才决定上马开工。社区建成之后，他自己也很感满意，表示退休之后，要来这儿长期定居。

看来，环境是可以改变的，关键在于你有没有想法，下不下决心，用不用实力。

我为渭河的新貌兴奋。

四

渭河虽有千里之遥，居民最密集的地段还是咸阳、西安段。

过去，这儿创造了辉煌的历史神话，它的每一寸土地下，都珍藏着岁月的记忆。当地的农民耕地时，经常可以翻掘出一些零散的文物碎片。

但历史的华贵外衣毕竟早就脱去，后来的渭河赤裸裸许多年，满目疮痍不耐看。

给渭河重新穿上美丽的衣服，这是人们的愿望。

经过政府这几年的努力，西安渭河段已建成堤防 184 公里，其中 300 年一遇防洪标准生态堤防 31 公里，迎水的一侧用土工布、格宾网护坡、种植土覆盖。其中，雁翅坝 106 座，建成公式河、漕运明渠、幸福渠、灞河等 4 座入渭河口桥梁，这四座桥梁连贯了城市段 22.2 公里堤防。

整个堤顶道路上，以灞渭桥为代表的桥梁 20 座，以西安湖为代表的人工湖池 14 座，以灞渭河口湿地为代表的湿地 3 处。渭河西安段综合治理还完成了景观绿化工程和照明工程，形成灌木地被面积 6300 亩，水面 2000 余亩，共新增绿化面积 2.39 万亩，为西安城区居民人均增绿 3.52 平方米。

治理渭河及西安周边的河流，保水是根本问题。“八水润西安工程”的整治方案是通过实施工程建设及生态修复相结合，区域与整体相结合，近期与长远相结合，初步实现了“变无水为有水，变死水为活水，变过水为留水，变废水为用水，变脏水为净水”的根本性转变，为全面解决西安面临的水环境、水生态、水资源、水安全等问题奠定了坚实基础。

现在的渭河堤顶两侧，新修建的西安湖、紫薇湖、荷花池，沿着河道形成了大大小小水景观，还有 1200 亩荷花池，600 亩玫瑰园，每一处都特色各异，每一处都让人流连忘返。

按照规划设计，渭河南岸“一带、五段、六区、六节点”为景观布局建设的滨河生态景观廊道已初具规模。

“一带”指渭河都市休闲滨水风光带；“五段”是河堤外200米林带，从西向东依次为河口风貌段、水泽田园段、都市游憩段、湿地保护段、休闲度假段，已形成都市亲水空间；“六区”指沿着渭河河堤，6处各具特色的景观功能区。包括现代风情水岸景观区、自然活水展示区、运动露营游戏区、渭河原生态景观区、湿地自然景观区和郊野休闲活动区。

随着原生植被的恢复，野鸭子、白鹭等大量的水鸟又聚集到渭河滩，生态渐渐平衡。

渭河从这儿流过，它成了新时代的亮丽风景线。

8 满山芬芳

一

初夏时节，你如果到陕南去，野山坡上，土路两旁，汉江岸边，瀛湖水畔，开满了各种花儿，形状不一，颜色各异，熙攘成缤纷夺目的氛围。这时，你会感到世界是美好的，环境是纯洁的，大自然是蓬勃的。

此刻，我收到《安康女作家散文评议》书稿，于是泡好清茶，调整心态，安静情绪，慢慢地阅读起来。我在读书之前，常常先把胸腔打开，接收此类素材的各方面信息，以便让情愫达到饱满，书人合一，事半功倍。

面前这 50 篇散文，犹如 50 朵鲜花，在我的案上一一绽放，在我的心头喷吐芬芳，摇曳多姿，美不胜收。细读下去，那一行行墨色的字迹，仿佛一条条细密的小路，把我引领到秦巴汉水的深处。

二

编者很用心，将全书分为“爱情篇”、“亲情篇”、“游记篇”、“纪实篇”、“哲理篇”5部分，基本上囊括了散文的题材类型。而每部分，各10篇，均用7字标题，诸如“隐到深处才诱人”、“回归童心见莲心”，等等，为安康女作家搭起了一个精致的展厅。

这些作者大部分我以前都见过，也断断续续地读过她们一些零星的作品，现在集中在一起，更显神采。书中所选作品，在艺术水准上不一定都能达到较高的层次，但真情实感的流露，细致入微的观察，清新自然的笔触，仍然让人饶起兴味，与之同思。

当然，面对这个展厅，不同的观者会有不同的评价：有些门窗小了，有些线条虚了；有些屋顶太空，有些角落太实；有些装饰嫌浓，有些色彩嫌淡……

但我想，编写这本书的目的，是让我们的女作家从“藏在深山人未识”，到“走出深山人要识”。

至于技术层面上的提高，来日方长。

三

本书的编写者李焕龙，是个用心人，有能力的人。

用心处在于，焕龙出任安康市文艺创作研究室主任之后，眼光长远，多做实事，把出人才、出成果、为本土服务作为第一要义。开展征文，举办评奖，申报项目等等，本书便是“安康女作家群现象研究课题”成果集之一种。有能力在于，有了想法，落在实处，他发挥自己多年积累的资源、人脉关系，上下沟通，四处化缘，广开财路，几年时间，文研室就编写出版了几十本书，把单位的品牌推到极致。

同时，焕龙还不忘自己的创作，写小说、写散文、写评论，成果亦丰。这本评议集，构思精巧，布局缜密，信息量大。我们从他短短的文字点评中，可以看出其认识、见识、辨识、才识。创作之道，文字是表面的，可以提炼的，但文字后面的东西需要人生修炼，需要经验积累。

四

美国有部电影，名字叫《闻香识女人》，意思是说，每个女人身上都有一种独特的芳香。其实文章也一样，每位女性作者都散发着自己的心迹和脾性。

平时，她们分散生活在每个县，每个镇，每个单位，可能才华突出，也可能默默无闻。

这本评议集是一次集合，是一次编队，是一次整体显示。

一花芬芳，毕竟有限；满山芳香，大为可观。

祝她们在自己的山头上笔耕丰硕，坚持不懈，这样，陕南文坛才能够争奇斗艳，芳香不绝。

9 一抹秀色

一

在秦岭和巴山之间的汉水谷地上，有一个气候温润，森林茂密，风物优胜，污染较少的地方，这就是安康。

秦岭阻挡了北方的尘沙，巴山减弱了南国的潮热，汉水流出了自然的清爽。

人常说安康的女子漂亮，面容姣美，身段适中，皮肤白皙，性情活泛，这都源于山水清气的滋润。

水土的风韵，铺设了生命的底色。

安康的女作家群体，现在同样受到了外界的关注。

文似看山不喜平，生活在峡谷山地中的女才子们，各有一套多彩多姿的文笔。

二

杜文娟是汉中人，但她在安康生长、写作，成名。并且，汉中和安康同属陕南，在历史上也曾是一个郡，没法区分的。

杜文娟工作在水电部门，虽然地处安康，但其单位性质是条条管理，从上贯下，并不直接由地方政府领导。于是，就多了些游刃之机。

杜文娟立足于安康，同时寻求更多的独立发展空间。她写过陕南的山水故事，写过西藏的阿里雪域，写过内蒙的辽阔草原。足迹的遥远印记，题材的多样特质，内容的丰富涵博，使她的创作呈现出了一种卓立开放的气势。

这里不进行作品分析，因为这是一本研究评论集，专家们的宏篇阔论和网友们的热议很多，读者可以慢慢品味。

三

我想着重点说的，是杜文娟对文学的态度。

任何人，要想成功一件事，除了自个儿的天生禀赋，最重要的，就在于坚持不懈的追求精神。

杜文娟供职的是企业，那儿没有文化单位的悠闲空间和富裕时间，她把所有的业务兴趣和女性的爱好消遣，全用在了写作上。

杜文娟看起来瘦弱单薄，但身体里散发出的能量却不可小觑。汶川地震的第二天，她请假乘火车独赴灾区，把一篇篇报道散文及时发到“中国散文网”上来连载；为了实现梦幻中的西藏之旅，她住在成都的青年旅社里等待机会，与别人并车踏上漫长艰苦的川藏公路；为了写作关于阿里的长篇纪实文学，她一次次奔向高原极地，克服了痛苦的生理反应……

那些经历，对男子汉来说都困难重重，更别说一个弱女子了。

杜文娟牺牲了许多美丽的享受，但成就了文学的美丽之花。

美丽的生活享受都是短暂的，而文学的美丽之花则是长久的。

四

我见过不少极富才情的朋友，他们没有用勤奋之胶聚沙成塔，而是让才情像手指间的沙子，随着时光流失殆尽。

人生中有许多遗憾，荒废了时间的遗憾最值得珍惜。

从这点来说，杜文娟是强者、胜者。

五

安康的女作家，用她们的华章诗篇见证了秦巴汉水的秀美，丰富了陕南文化的内涵。

我用一首小诗来结尾：

文学陕军整戎装，
花开三秦竞吐芳。
人道岭南春最艳，
一抹秀色看安康。

10/踏遍青山觅古道

这是一本山野考察笔记，摄影的焦点是针，文字的描述是线，作者用镜头和笔墨修复还原了往昔子午古道的意象图景，给我们提供了一次亲近历史文明的机会。

如果把历史比作一个巨人，那么，古道就是巨人身上的动脉。历史的活力，离不开古道的繁忙；社会的发展，离不开古道的伸延。倘若我们能够沿着一寸一寸的古道溯回去，就会发现，古代文明的行迹，其实要比现代化呼啸的铁轮有趣得多。

有一句话：古道热肠。

虽然此古道不是彼古道，但这句话用在王晓群身上挺合适。

王晓群是我的文友、摄友、酒友。每次回安康，我们便在汉江边临风而坐，高谈阔饮，觅得人生苦旅中的一时惬意和一份温热。

我发现，王晓群是个富有生活激情的人。

有激情的人可爱。只要一谈起巴山深处的平利和镇坪，谈起县域的风土民情及历史掌故，谈起山顶的漫天草甸并悬崖老树，谈起林间的鸟鸣与野花，谈起溪里的跃鱼与苔藓，王晓群就会打开话匣子，滔滔不绝地锵锵道来，如数珍宝，如诉衷肠，那种家园之爱、怜物之情溢于言表。记得他曾多次讲起一位世纪老人的曲折族事，听起来跌宕起伏，精彩生动似长篇小说的草稿。

与可爱的人打交道，你会柔软起来。

有激情的人可敬。王晓群不是文化从业者，不是专职摄影师，他乃金融单位的一名干部，可以说其工作性质与文学艺术毫无关系。但他自购高档相机，自驾车跑遍了巴山汉水、秦岭南北，拍摄下数万张照片，记录了山河风貌与物事春秋，建起一份图像资料库。没有专项资金，没有科研经费，也没人指派，他是凭着一股激情在干事，那是一股说家国珍奇的激情，为故土立传的精神。

与可敬的人打交道，你会崇高起来。

有激情的人可赞。王晓群认准一条道，就会坚定地走下去。这些年来，他断断续续地利用业余时间，不停地走访写作，前几年已拍摄出版了《巴山盐道》，在外界反响不错。现在又捧出这本《中国子午道》，同为图文并茂的人文地理著作，别有读味。中央电视台采访他时，标明的身份是：青年学者。王晓群虽然没有读过大学，但他做出的贡献，比大学里、社科院里的一些硕士、博士还要显著。

与可赞的人打交道，你会勤勉起来。

王晓群在“心越秦岭”一文中，曾写了这样一件事：“三十多年前高中毕业的那年那天，老师期望的目光扫视教室里我们这帮正在备战高考的学子，投向我们每个人，唯恐稍有疏忽而有遗漏。最后他深有感叹地说：谁能考过秦岭，我就叫谁一声祖宗！那一刻，鸦雀无声中一股超出师生情感的莫名涌动沉沉地撞击我的心灵。隐隐作痛，久久难宁；那一刻，年少的我把人生奋斗的高度定在了翻越秦岭。”

这是王晓群年少时的心愿，现在他实现了，超越了。

第四辑

有你才够好

1/菩提有情

一

菩提树与菩提籽儿，我最初的见识，是从台湾一位作家的散文中得到的。

他写了一种凤眼菩提，那小小的圆圆的深黄色的硬壳上，长着一只丹凤眼，美丽而神奇。

据说，这种凤眼菩提，来源于印度国释迦牟尼当年静修成佛的那棵菩提树上，当然法力无边，也弥足珍贵了。

那时，我身边的社会，还不崇佛教，所以，只把一种美好的憧憬，留在心中。

二

我请来的第一个凤眼菩提手串，是在终南山中的寺院里。晕黄的烛光下，我看到佛具柜中有一串带着包浆的凤眼菩提，急忙打问。法师说：这是从西藏带回来的，仅此一串。我即刻敬了香火钱，请了此宝。

后来得知，这种凤眼菩提，其实在佛教地区有很多树上都生长，并非一株。所谓的菩提籽儿，也不是专指菩提树上的果实。凡佛教地区山野中生长的坚硬的树籽，多可作为佛珠的质料，统称菩提。

于是，我茅塞顿开。

三

我喜欢大自然中一切原生的物种。

菩提籽儿的世界丰富多彩，形状不同，质地各异，颜色纷呈，它们是自然界的灵慧之物。

这些年来，我收藏了几十种菩提籽儿。

扁圆核中间一个大孔，周围布满密密麻麻的小点儿的是星月菩提。

胖圆形的表皮有金星似的花纹斑点，三个洞眼犹如小鼠的眼和嘴的是金鼠菩提。

形似小伞散发着清雅的草药味儿的，是金钟菩提。

犹如含苞欲放的莲花，呈现着白玉般温润色泽的是雪禅菩提。

蒂呈黄色身为褐色形同茄子的，是缅茄菩提。

椭圆灰黄色顶部有 5 个小孔，看似 5 个小眼睛的是五眼六通菩提。

白色的核身里边镶嵌着一条条红色线纹的，是金丝菩提。

身呈枣红色状似莲花座的，是莲花座菩提。

肤色油黑一端有三眼状的，是金猪菩提。

橙黄细腻状若小小元宝的，是元宝菩提。

核身金黄绽满许多小瓣的，是金刚菩提。

……

我把这些菩提籽串起来，有些成手链，有些成挂件，为我的生活起居增添了许多自然的雅兴和欢悦。

四

每一种树籽都是菩提。它落地生长，开花结果，把生生不息的信念传递给我们。

每一种菩提都带着佛意。它呈泛出自然的形态和光泽，显示着生物的准确轮回。

树有百种籽，佛有千条路。求道不应只问路径，关键看觉悟的深浅。

树籽也是种籽，是生物的基因，是信念的执着。

树籽让我们看到自然界的精妙变化和永恒规律。

五

树籽的生长没有疼痛的感觉。

但它变成了菩提，戴在了信众的手腕上，于是就有了感情。

其实，崇尚佛学乃情感驱使。

信佛之人都是有情之人。

这个情在于天地之域，不是世间滥情。

2 观音泪

观音是美与善的化身。中国自古以来所有的女性造型，当数观音的艺术刻画是最成功的。她美得端庄，美得饱满，美到极致，受万人敬仰。

我喜欢收集观音形象制品。从材质上来讲，有金银的，紫铜的，玉石的，木头的；从形态上来讲，有飞升的，站立的，趺坐的，躺卧的；从雕工上来讲，有细致的，粗犷的，繁复的，简约的。

有时在生活中遇到不顺心的事，情绪躁乱，但是望着案头低眉颔首闭目，双手合十的观音佛像，她似乎正传递着一种“静”的力量，于是，杂念和欲望就会渐渐消退，心灵舒适宁静起来。

哲学的专业学科很宽泛博大，美学是其中的一个重要分类。在美学研究中，当今许多青年学者对“宗教美”、“生态美”感兴趣。我觉得佛教系统在美的追求上，对人类历史发展是有贡献的。

有一次在终南山中的净业寺，与住持本如法师聊天，他说佛教是文明的先进的，比如最早的男女厕所分类，就来自于寺院。再比如现在人们使用净水器，其实很早以前佛教就想到了，和尚们云游时随身就带着过滤装置。还有中国绘画的进步，受到佛教的造型及色彩运用的影响很大。看看敦煌的莫高窟吧，那是一种伟大辉煌的艺术创造。

本如法师的观点我赞同。

这观音形象的塑造，便是佛教美学的代表之一。

对于观音的造型，似乎已经有了通用的标准。在我敬藏的收集品中，能看出她们的面部表情大体一致。

前不久听到一个故事，有位画家专门绘制观音菩萨像，但市场效应一直很一般。某次，他正绘画时，突然一滴墨不小心滴在了菩萨的脸上，于是他将错就错，索性又加了几滴墨，并为这幅画取名为“观音泪”，后来被一位外国富商看见了，便高价买去收藏，于是这位画家也跟着声名鹊起。

这当然是无心为之，是艺术家的再创造。不过我们想，观音菩萨作为一种大慈悲，看到当今世界上洪水泛滥，地震不断；儿童被拐卖，妇女受欺害；环境正污染，战争在升级……她如果有表情，能不流泪吗?

观音假若是真人，恐怕早就泪流满面了。

有时候，望着室内我敬藏的几十尊观音像，心想，啥时节，我们身边的环境才能这样美，这样静啊。

但我知道这基本上是痴心妄想。

于是我只好给自己营造一个小环境，既置放观音，也置放心灵。

3//那忧伤的眸子

以前，我不是很喜欢小动物的。

但是小雄雄来家之后，改变了我的习惯。

小雄雄是条狗，它个头不大，全身棕毛，品种叫什么“贵宾”。它是儿子喂养的。前一段时间儿子太忙，没空闲招呼它，就从他的住处抱回家来了。

刚进门，小雄雄认生，躺在窝里不动弹，眼眸子一闪一闪地打量着陌生环境，我从它的眼神里读出新奇、读出疑惑、读出思索，另外还读出一股莫名的忧伤。于是我想，狗是可怜的动物，它通人性，能识别，很敏感，但是又不会说话，无法与人交流，太多的想法只能隐藏在心里。

小雄雄适应环境很快，躺了一夜，第二天，便与我们熟悉了。原来它性格颇活泼机灵，我在这间屋里叫声雄雄，它就飞快地跑过来摇尾巴；我夫人在另间屋里叫一声，它又飞快地跑过去摇尾巴。这样跑来奔去，让家里挺热闹。

我常熬夜，早上爱睡个懒觉。此时，小雄雄会在另外的屋里玩耍。但是，我只要睡醒，咳嗽一声，有点响动，它立即就会跑过来，趴在床头跳之舞之，用嘴巴蹭我的手背，显示亲热的早安问候。我便将它抱起来，放在腿上安慰一阵。

有了小雄雄之后，每天傍晚都要带它出去散步。过去我是个宅爷，近在咫尺的环城公园都很少进去。但现在必须去，让小雄雄在公园里撒野、交友、狂吠。一边遛狗，一边在健身器械上锻炼，拉那个一上一下的铁环儿，有意思的是，我的肩周炎竟然减轻了。

与小雄雄的关系进一步加深。每天我出门上班，它要跟到门口；下班回来一进门，它就抬起头挺起身，又是跳又是叫，表示热烈地欢迎。当然我也高兴起来，又抱着它玩耍一阵。这种特别的亲情，给人疲惫的心绪送来些许温馨的调节和缓解。

于是，遛狗成了我的一项业余任务。我也很惊奇，为什么改变得这么快？想来，动物之间的怜悯和交流、爱护，应该是一种共性；只是人类变得高傲自大，弱肉强食，渐渐形成了冷酷的秉性。但那种原始性只要遇到机会，还是会被唤醒。

我发现，我理解小雄雄，它也能够理解我。

有一次，我去很远的地方取东西，也带着小雄雄。回来时，我抱着纸箱大步流星在前面走，它紧跟其后。我快步行走多年已成习惯，小雄雄跟在后边显得很累，大口大口喘着气儿，可能是它出生以来从没走过这么远的道儿，也可能是我的速度太快了。我想抱起它来前进，但双手没空儿。我只好停下来，它就躺在地上休息。我继续前行，它便奋起四蹄努力跟随。回到家里，小雄雄全身都汗湿了，惹得我一阵心疼和自责。

当然，小雄雄也有很多毛病，比如它有时会乱拉乱尿，搞得家里环境卫生不好，这与从小对它的培养训练不够有关。比如要是半天时间家里没人，它会把旧鞋子等一些乱七八糟的东西搜出来拉到门口，给你搞个杂物展览会，这与它不甘寂寞的性格相连。

天渐渐热了，夫人也爱小雄雄，每天都要给它用温水洗澡，小雄雄此时很听话，站在水盆里随你摆布。但是，长期下来，对于夫人是个负担，她的时间也紧张。

一天晚上我回来，小雄雄没有跑来迎接，它的窝也不见了。心头一惊，正要问，夫人说：让小雄雄在别人家住几天。原来大院内有位夫人的女同事，也非常爱狗，天天给她家的那条小狗吃鸡蛋香肠，见了小雄雄也喜欢，夫人便商量让小雄雄先过去，一是减减自己的负担，二是小雄雄也有个伴儿。

小雄雄不在的那几天，家里不热闹了。每天早起，出门、回家，没有小雄雄来嬉闹，人反倒不习惯了。

于是，我又让小雄雄回来了，生活恢复到正常。

又一次，出差半个月，归来又不见了小雄雄，夫人直接说：

我送人了。嗨，她把小雄雄送给了那个女同事。

我极不悦。夫人说：你能天天给狗洗澡吗？你能时时在家里打扫卫生吗？我知道自己是个忙人，做不到这些。夫人又说：我也喜欢小雄雄，但我的时间受到牵制，太影响工作效率了。这一点，夫人说得也对，我只能承认。后来，儿子知道消息，让把小雄雄要回来他自己养。母亲说他：你每天上班不在家，把小雄雄用绳子拴在家里，坐牢一样，受罪呢，人家给小雄雄好吃好喝好侍候，还有伴儿，多好。母亲言之有理，儿子就不吭声了。

好在是，同居一个大院，我们可以去探望小雄雄。有时，它也会被带到楼下的院子里来散步。朦胧的夜色里，看到几个狗影在跳跃，我叫一声雄雄，如果没有它，其他狗儿则吠你；如果它在内，就闻声扑过来扯你的裤脚，让你抱它。还是自家人亲，印象忘不掉。

后来很长一段时间，没有看到小雄雄，我让夫人去打问情况。夫人回来汇报：同事说小雄雄身上毛病多，让亲戚带到郑州去了。

我有点不高兴，她咋能这样就把小雄雄随便送到别处去了呢？儿子也说：谁知道她是送人了，还是卖掉了，现在一条好狗几千元呢。

夫人无法辩解，急得哭了，说：谁知道她会送人呢，但是把狗给了人家，就是人家的，要讲道理啊？再说，我总不能为了一条狗去与同事吵架翻脸啊？你们谴责我，其实我也舍不得小雄雄，我心里更难受。

我眼睛潮了。

还能再说什么呢。

此后，傍晚散步的时光减少了，环城公园我也不去了。

我又回归为宅爷。

但我时常想起小雄雄在家时的趣事，还有它那一双忧伤的眸子。

小雄雄，你在哪儿？你生活得好吗？

4 读者的故事

对于一个作家来说，什么是最感幸福的事？

不是出了多少本书，不是挣了多少稿费，不是获了多少次奖，不是当了多大的官，这些都是过眼浮云。

我觉得，得到读者真正的认可，才是作家最大的幸福。

我遇到过这么几位读者。

来访者

那是一个星期天，我在家读书，突然有人敲门。

开门一看，站着一个小伙子，并不认识。

小伙子自报家门，陕南人，在浙江工作，文学爱好者。

陕南和文学，是我心中看重的两个词汇，于是，我请来访者进屋就座。

小伙子喘了口气儿，喝了几口茶水，然后讲了一段故事：在陕南深山的一个初级中学里，有一个家境贫寒的学生喜欢文学。当时，同学们手上传阅着一本书，封面封底都没有了，但作品的内容完好。这学生读了后，觉得非常亲切，书里描写了自己熟悉的山里事、童年事，于是得到鼓励和启发，也模仿着开始创作、投稿，先是县报，然后市报，陆续有作品被采用。后来，他上了大学中文系，也找到了那本对他帮助很大的完整本，叫《山梦水梦》。大学毕业后，他先在南方当教师，不久就调到了文化馆从事专业文学工作。

这个爱好文学的学生，就是来访者。

这本《山梦水梦》，是我出版的第一本散文集。

现在，小伙子也要出版自己的书了，专门从浙江到西安，找我为之作序。

这样的请序，你能拒绝吗？不能！

我接下了他的书稿，很快就写了序。

敬酒者

那是一次朋友聚会，刚开始，就有一位不熟悉的中年女士来敬酒。

我问：你在哪个单位？

她说：我认识你，但你不知道我。

我说：那你先自我介绍一下。

中年女士讲了自己的经历，她中学毕业，就被安排去陕南修铁路，条件非常艰苦，但她和同学们青春年少，朝气蓬勃，满腔热情地投入其中，倒也不觉得苦和累。后来，铁路修完了，她被安排在陕南的一个小工厂上班。工资低，环境寂寞，年龄也越来越大，于是，许多失意和苦闷渐渐产生，情绪异常低落。就在此时，有一次回西安探亲，在钟楼书店遇到几位作家签名售书，她买了我的《行色匆匆》。回去一读，突然发现，原来身边之物也可以这么有趣，人生之旅也可以这么丰富多彩。于是，她也写起来，用笔描写自己的心情，得到倾诉，得到快慰，得到平衡。

我问：那你现在怎么样？

她答：工厂效益不好，我已退休回家。

我又问：还写吗？

她答：写。

我继续问：发表了没有？

她摇摇头：没发表，无所谓，写了自己快活就行。

我点点头：这样也好。

她又举起酒杯：我听说你今天要来，专门赶来敬酒的。

这样的敬酒，你能拒绝吗？不能！

我接过酒杯，一饮而尽。

编书者

那是一次公益讲座，结束后，很多读者围上来让我签名留念。

递过来的，有图书、有笔记本，还有白手绢等。

我认真地在上边签了名及日期。

突然有一本书，叫《陈长吟散文精品选》。

我翻了翻，这本书有封面封底，印刷正规，里边也全是我的文章。但没有出版单位，没有版权信息，因为我根本就没有出版过这样一本书。

我迟疑地问：这是我的书吗？

持书者是一位鬓发斑白的老年人，他笑了笑，讲了这本书的来历。他过去是行政领导干部，工作很忙，没时间读书。退休以后，事情少了，感到失落。有一次看报，在副刊上读到我的散文，觉得自己很喜欢，就开始收集我的作品。报刊上的，剪贴下来；网络上的，复制下来；又找到我的新浪博客，成为了忠实的读者。并且由此开始，剪报和上网变作他生活的一部分。后来，觉得剪贴零乱，电脑上的文字又阅读不便，更没有书的感觉，就把我的作品专门汇集在一起，自己掏钱设计了封面，编写了目录页码，请人家给印成一本真正的书。

我被这样特殊的一本书所感动，就问：你有几本？

他答：就这一本，独家收藏，个人阅读。

我又问：只印一本书，要花多少钱啊？

他说：其实不贵，就一百来元。

我笑了：真是现代科技，有意思，有意思。

他说：在报上看到消息，知道您今天要来讲课，就带来请您签名。最好再写上一句话。

这样的签名，你能拒绝吗？不能！

我想了想，认真地写下：

让文学温暖我们的人生。

5 一个邮友

认识他，是30多年前的事儿了。

那时我高中毕业，返乡劳动，因生活苦闷，前途渺茫，唯有写作一事让人兴奋。写了东西，就要向外投稿，虽然当初没有稿费，但名还是有的，通过写作一来证明自己的才能，二来获得外界的承认，是我的理想。投稿寄信就得去邮局，镇上只有一个小邮电所，两个工作人员。所长是个中年人，油里油气的，虽然我不喜欢，但那家伙挺会讨好女人，常有风流韵事传出。还有一个兵，就是他——刚分配来的乡邮员。我与他年龄相当，并且都喜欢文学，常去邮电所寄信，自然成了好友。我家离镇街不远，只有二三里路，凡是我的信件，他知道我盼信心切，就专门绕道送过来。当时给报刊社投稿写信不用贴邮票，在信封的右上角标明“邮资总付”就行了。

他性格耿直，与那个领导的关系好像不怎么和谐，有一次，他家中有事需请假，领导说工作不能耽误，他只好找到我，让我为他代班，我当然满口应允。于是，他带着我头一天跑了南山的投邮点，第二天跑了北山的投邮点，熟悉了路径，第三天，我就自己背起沉沉的绿色大邮袋上路了。乡邮员这个行当，是个苦差事，不管是烈日暴晒或者大雨倾盆，你都得整装出发。当然也有愉快的时刻，走村串寨来到各个投邮点，放下邮件，东家大爷泡了茶，西家大婶端出核桃板栗甜柿饼，吃了不算，临走时还要塞满你的口袋。

代班的事虽然只有一个多月，但丰富了我的生活体验。

后来离开故乡上大学，与他联系便少了，但知道他调进了城，知道他从工人的岗位上退休，知道他一直在玩集邮，并在小城的收藏界有点名气。

今年春天，我回故乡办事，突然在街头上遇到了他。他让我去家里玩。刚好我也想去看看他收藏的宝贝，开开眼界，于是一同前往。

他家的房子不宽，从装修上可以看出有些年头了。他的那些藏品，都堆放在阳台上的两个旧立柜里。拉开柜门一看，乱七八糟满满当当。见我露出疑惑之色，他说：房子小，有点乱，不过宝贝还是有的。

他先拿出一个集邮册，里边夹着的全是解放区的邮票，都是六七十年前的东西了，设计简单，印刷粗糙，但那个时代的特色很明显。对我来说，遥远且又亲切。

他又拿出一厚叠画报，我一看，全是日文的，以图片为主，创刊于 1938 年。原来这是一份当年日军侵华部队办的画报，用真实的照片报道日军战况，今天占了一个镇，明天攻下一个城，后天又在集训，等等。这些逼真的照片，当时是“辉煌成绩”，现在却是铁的罪证，看得人义愤填膺。这份画报只出了十几期，到 1945 年，日军投降了，它也停刊了。

他还收藏各种报纸的号外版。号外是各个报社在遇到重大事件或重大变故时，临时决定出版的无期号报纸，它们在报纸序列中有重要位置。像《人民日报》等党报出的号外，那影响可非同小可。

最后，他指着几捆沉甸甸的纸品说，这是一些“文革”资料，有公开出版的报纸，有内部印刷的传单，有张贴的公告和标语，有蜡板上刻写出来的通知，等等。这些东西，是一个特殊时代的特殊产物。研究中国的“文化大革命”，离不开它们。

他告诉我，集邮不光是邮票，它应该有一个大的概念，凡通过邮局寄送、发行、流通的纸品，都可以在收藏的范围。

为了与全国广大的集邮爱好者取得联系，互通信息，加强交流，他自己出资办了一份内部资料性报纸，不定期印出来寄给八方邮友。

看着他半白的鬓发，听着他热情的介绍，我想，一个从邮政局退休的老职工，为了自己热爱的邮政工作，将事情做得这般风生水起，有模有样，怎能不让人心中油然升起一股钦佩之情呢。

这个邮友姓杨，名建安，住在陕南的金州城中，他一生不抽烟，不喝酒，不贪欲，无杂癖，把精力都投放在与集邮有关的事业上。看来，一个平凡的人只要下功夫干好自己热爱的一件事儿，持之以恒，坚持不懈，时间长了，积累多了，经验丰富了，收获硕大了，你在这件事上就自然会成为行家，你所干的事儿也会闪现出不平凡的色彩来。

6 越兄

每次回安康，都要见越兄。这是习惯，也是向往。

越兄的据点，在金州城最好的位置。汉江大桥的北头，安澜楼下，交通要冲，风景如画。从高客站进城，得打他的门前经过。

听说我回故里了，越兄总是召集一系文朋诗友来见面，这既为我节省了时间，也满足了我想见老友的心愿，还提供了大家在一起说文论道的机会和平台。

越兄与我的缘分，有五点：其一是我们都姓陈。江湖上说，天下陈姓是一家，这是共识吧。其二是我们为同庚，在 20 世纪 50 年代中期一年里出生，算是跨世纪的兄弟了。但他大我几个月。哪怕大一天，也是兄长，中华民族有自己的礼义规矩。其三是我们都热爱人民军队。20 多年前，我有个调干入伍的机会，档案材料也发到了军队，在完全办好手续之前，先作为借调去兰州军区政治部大院里住下，过军人生活，到连队采访，写军事文章，并作为军队作家外出参加活动。半年之后，因其他原因，最终没入军籍。越兄则于军队舞文弄墨多年，认知的积累和经验的丰富在我之上。其四我们都铁爱文学。我一辈子从事文学创作、编辑、研究工作，临近退休已无改行的可能。越兄则不论当兵、从政、经商等谋生行当的如何变化，始终把文学作为第一爱好。他笔耕不辍，活跃于文坛，不是旁观者，而是弄潮儿。其五我们都深情于安康。他居江北，我在江南，隔窗相望，一条碧绿的汉江在心中悠悠流淌。

越兄是扬州人，个子比我低，心思比我细；体积比我小，情感比我密；声音没我大，语言比我稠。他会说很多安康本地话，知道许多巴山汉水的逸闻趣事，访过不少小巷奇人，到过不少乡村小镇。不但身行足至，还深入操心呢。

我在金州城里虽然有一套小房子，但回去住的时候很少，设施也简单不过。越兄到房间看了后，担心我的床铺落灰积尘，就让人送了一件床罩过来，大小刚好。可见他观察细微，用心待人。

有一次，我俩及小曹一起去瀛湖游玩，越兄带我们去探访农家乐，吃山野菜。对于陕南的土特产，他一清二楚，烂熟于心。临回时、还在渔民的小船上买了几斤小蚱带上，说是汉江的小蚱味道鲜美，下酒良矣。看一个人是否热爱一个地方，对这个地方的小吃土味的接受和喜欢的程度，是重要的衡量标准。

有一次，《安康日报》组织几个作家，笔谈地方文学的现状和突破，越兄的大作发在头条。他娓娓道来，如数家珍，将安康的创作队伍细细梳理一遍，进行剖析。我读了很惊讶：一个外乡人，来安康时间并不长，但对安康文坛的旧况新事这么了解，说明他是下了功夫，倾注了感情的呢!

越兄不打牌、不抽烟，不去歌舞娱乐之地，只要有了空闲，就去走山游水，辨识地理。有哲人说：小玩是玩虫鱼麻将，大玩只玩山水。越兄懂玩、懂吃、懂赏，是个别有情调的人。

我和越兄都有一个夙愿，就是希望安康文坛发达起来，多出人才和作品。

这么好的巴山汉水，这么好的园林小城呐。

7 白发听众

周末，是一个舒适的日子，人们可以有范围有限度地选择自己的行动。

这一天，西安南郊的小寨生活圈街上人特别多。“万邦·关中大书坊”和“嘉汇汉唐书城”两个航母级的图书售场，增加了小寨生活圈的文化重量。

应友人邀请，我去做一个关于阅读与写作话题的讲座。事前心想，在纷繁杂乱的商业气息充盈的社会，还有多少人会来听文化讲座呢？于是做好准备：人多了我就主讲，如果只来了那么区区几个人，就大家一起座谈吧。记得从一篇文章中看到，国外有次文学讲座，最后只来了一个中年女人，于是，主讲者就与这唯一的听众喝茶聊天。无论怎样，道场还要做下去。文学本来就是个孤独的事业，不会因热闹或寂寞减轻分量。

走进汉唐书城三楼南侧的音乐厅，没想到，可以容纳五六十人的空间已经基本坐满。尤其让人惊奇的是，其中有不少系白发苍苍的老者。

我和主持人坐在前边，面对这些诚恳的听众。环境小，距离近，不需要扩音器，彼此说话都能听清。以前讲座，大多是坐在高高的主席台或者讲坛上，面对话筒，完全是一种授课方式。今天呢，我感觉特别温馨，可能文学就是谈心，就是对话，就是说身边事，或许它与读者之间的间隙越小越好吧。

主持人的介绍及导入简短清晰，下来的时间交给了主讲嘉宾。

面对今天的听众，我说的第一个话题是：我们写作的目的是什么？

这个话题各有其说，概括起来，大约有四：一是成名成家。丁玲有一本书主义，张爱玲说成名要趁早，但成名成家的概率极少。二是丰厚报酬。在多年前，也的确有靠稿费致富的，鲁迅先生养活一大家人，从维熙当年出一本书，在北京买了一座四合院，可是今天要靠稿费生存，很难。三是文以载道。这是中国的传统，把文学做工具，不过现在是多元化时代，有人说文学就是游戏，有人说我只写给自己看。四是精神寄托。这才是普罗大众写作的目的，有话说，想表达，排除寂寞，就与跳舞和打牌一样，不妨视为一种休闲的方式。然这种方式高雅多了，无害而有益。

然后，我又讲了什么文体适合我们操作，什么才是好散文，怎样写好散文等几个话题。一个多小时，很快就完了。

接下来是一个小时的问答互动环节，提问最多的，是那些老者。可以听出，他们关心文学形势，关心时代生活。除了这儿的讲座，还去图书馆等处听讲，把老年日子过得有滋有味。

签名的时候，我了解到，这些老人退休前有的在工厂，有的在学校，有的在社区，有的在政府机关。他们一个个精神饱满，气质优雅，这是文化涵养的外现。

过去，我们常常把身处的城市呼为文化古都，好像有多少名胜古迹、楼堂剧院、歌厅展馆来证明。其实那都是外在的可以打造出来的，而这些来自城市各个角落的、白发苍苍的、发乎内心的、自觉的文化爱好者、追求者、热心人，才是文化古都的有力佐证。

向白发听众致敬。

走出书城，抬头远望，天空澄净如洗，这是一个好天气。街上行人穿梭，编织着热闹的生活。

我抖抖肩，投入其中。

8 // 气质文章自在心

燕窝是个年轻的散文家，文学的希望在于未来，在于新的出发。

燕窝的散文有三个明显的特点：

第一，灵气。灵气体现在两个方面：一是观察方式上有灵气，比如《温泉水祸》、《翠华山》等这些篇章，能够从小事情上挖掘题材本身的诗意和内涵，并给予思考。二是体现在语言特色上。有些语言非常精彩。比如散文集题目《亲密有间》几个字，就非常巧妙，刚好体现了她散文创作的一种心态。她从周至来到西安生活，每天行走在这个城市的道路上，呼吸着这个城市的空气，肯定和这个城市非常亲密，但又感觉从某些方面融不进大城市的环境中去，在心理上有一定的距离。所以亲密有间这个词准确体现了她的一种心态，通过把常用的成语做以改变，取其反意，很有味道，给读者营造一个思考的空间。她的语言特色还体现在一些企业的题材上，如写钟楼邮局呀、白河邮局采风呀、延长油田呀，能够把枯燥的企业题材写得风声水起，有情有色，活灵活现。

我认为作家分为两种，一种是生活型的，一种是才气型的。生活型的作家对自己熟悉的题材能写好，自己不熟悉的不一定能写好。有些作家，小说写得非常精彩，但写报告文学或者散文，就黯然失色。可是有才气、有灵性的作家，什么题材都能写好，比如贾平凹，一封信札、一个便条，都呈现出一种独特的语气描述。

第二，大气。一般的女性作家写作容易陷入小情小调，纠缠在个人那有局限的狭窄思维中。但燕窝的散文突破了个人的小视野。她的大气也体现在两个方面：选材的大，思考的大。她的散文选材广泛，有纯个人的感知，有对社会现象的描写，如西安女子、天使们、租居等，是社会性的、群体性的题材，写了客观现象，而不是身边的小事。她的文笔不是单一的，是比较丰富的。思考的大：思考不局限在某一方面，视野开阔，思维比较饱满。她除了写正规的散文，还有一些评论文章，也像模像样，说明了她文笔的丰富。

第三，生活气。现在的散文写作很容易陷入一种静气和闲气，但我认为文学对社会要有热情，要有社会感，要关注现实生活，要有人间的烟火气，这一点是很珍贵的。燕窝的散文具备了这些特点，从《夫妻》、《织女嫂》、《上帝的苹果》中都能够感受到，这些篇什让人读起来感觉热情、亲切，不是凉性的。爱生活、爱写作、有想法、有追求，这是我看好她的地方。

我认为一个作家的“气”很重要。它是这个作家有没有成就、有没有发展前途的重要特征。首先要有气质，气质就是个性；气质发散开来后就形成气场，气场可以感染周围的读者；然后从气场上升到气象，有了自己的风格和影响；从气象再上升到气候，走上大道，一个作家就成熟了。

“气”大了好，宽了好，不宜小，不宜窄。

当然，燕窝散文创作的缺点恰巧是她的特点，就是说，她的灵气、大气、生活气尚不足，只到了六七成功夫。比如在语言上应该再下些功夫，在结构上再丰富一些，在写作的路数上更宽一些，表达上再深刻一些，观察上更敏感一些，要形成自己的语言体系、个性特色。就好像练气功，不断地修进，不断地提升，等到“气”累积到一定的高度，达到八九成，就成功了。

9 清晨的笑声在这儿

段路晨爱笑。听到有趣的事儿，瞅见好玩的画面，谈起开心的话题，她就会笑起来。先是不自觉地笑颜绽开，突然意识到淑女应该优雅，便自觉地伸起手来，遮住嘴巴，但手小，大家仍然看到了她如花笑靥。

段路晨天真。别人的真诚她接受，别人的欢乐她分享，别人的忧伤她同情。但是，有时别人说个幽默玩笑的事儿，她也当真。她心直口快，有话便说，往往就钻进了套子。之后，大家笑了，她还在那儿莫名其妙。

段路晨爱争辩。不管是与长者、老师，还是与同龄、好友们一起交谈时，她听到谁把话说得偏颇，便立即进行辩证。这说明她受到世俗的污染较少，不会逢迎。其实，文学家就应该有点直率，有点本真，假若过于精明，那就别搞文学了。

段路晨爱女红。有空时她会自己动手插一个花篮，绣一个窗帘，炒一道别有味道的香菜。勤快精细，懂得调剂，知道营造一份生活的温馨。现在的年轻人呐，多是饭来张口，衣来伸手的少爷，段路晨这身手就显得难能可贵了。究其原因，有自爱成分，更与从小接受家庭的熏陶教养有关。

段路晨爱文学。中学时是小作家，大学时是校园作家，工作后是青年作家。读本科时，她就有自己的文集面世，就参加社会上的文学活动。现在，她是西安市碑林区作协创联部主任，是陕西省散文学会青年委员，小官不少了，能者多劳嘛。尽管权都不大，但也是文道上的活跃分子。

常常，在场面上看见了段路晨，我们就看到了文学的年轻，文学的美好。

小段将她的散文集定名为《一路晨光》，这很切合她的年龄、心态、文字风格。

这里面，我比较喜欢《不过是头发长而已》和《相亲》，一篇是“他人眼中的我”，一篇是“我眼中的他们”，文字虽简捷，但透露的人情世故多，人物众，信息量大，体察独特。当然那些写人写物，写文化地理的散文，也有一些是不错的。从集中各篇作品写作的时间顺序能看出来，作者的年龄在增长，作品的质地也在变化。文字如梯，层层登高，这是逾越不了的。文字亦如石，立此存照，把自己的身影儿定住。

我在这儿就不进行过多的作品分析了，因为此前，有齐雅丽老师的精彩点评，以后，还会有习雅丽、高雅男等专家的读说。

饶舌讨厌，我就偷个懒吧。

小孩儿偷懒要挨打，中年人偷懒不成事，老年人偷懒嘛，大家不会责怪的。

冬日的暖阳下，在院子里支张躺椅，享受阳光的抚摸，是一种惬意。但小学生要进学堂念书，无法享受；青年父母要去谋事挣钱，不能享受；只有老年人有这甜蜜的专利。

我偷懒还有一个借口，就是小段在她的微信中，晒了那么多美食，亮了那么多锦绣，可从来没有请我吃过一顿饭，或者送过一件小棉袄。所以我偷懒，她没话说。

读到这当儿，我知道段路晨又会笑起来。

清晨的笑声在这儿，你们听，你们看吧。

10 远方的诗意与忧愁

在生活中，蒋书平是一个乐于探寻的女子，她从故乡那小小的大坝河出发，跟着河流的踪迹，穿过峻岭峡谷，到达汉江。在汉江边停留一阵，迷惘一阵，感慨一阵，又溯江北上，翻越高高的秦岭，来到长安。

在长安城中，蒋书平像个独来独往的红衣隐士，以笔当剑，挥去各种生活的浮嚣烟尘，舞出了自己的韵律和节奏，这就是文学创作。

在创作上，蒋书平同样也乐于探寻。她写过诗，散文，长篇小说，理论文章。题材上，也同样是从故乡的河流出发，写山、写水、写乡亲、写地理，然后进入城市，写市井风情，写各种人物及艺术现象的评论。

这册《河流传说》，是蒋书平的第一本散文集。平时，我们与蒋书平聊天的机会不多，只看到她匆匆忙忙地行走于西郊北郊，在变化多端的生活轨道上辗转奔波。通过对这本书的阅读，我们才走进蒋书平丰富的内心世界，知晓了她的执着，她的锦心，她的才情。

浏览《河流传说》，最让我感动的，是第一辑“逝水流年”中的文章。那篇《大雪深埋》，可以说是她的人生自白。在很小的时候，每当看见白茫茫的雪覆盖村舍，她心头总升腾起一种莫名和忧伤，想走过雪到远远的地方去。长大后远走他乡，母亲总希望能常见到她，可她不愿回家，不愿与母亲多待。后来，母亲去世了，最后一眼也没能看到她。如今，母亲深埋地下，上面又被大雪覆盖，再也没有一条道路可以通往母亲那里。于是一种内疚、一种忏悔，便深深留在了她的心中。文章在写亲情的时候，注意了细节的运用，环境的渲染，场景的描写，内心的独白，以及社会不同背景的呼应衬托，因此厚实而感人。

还有《白杨树》、《雪地上的乌鸦》、《隐隐约约的水响》、《上山，下山》、《草葩淖纪事》等篇章，也呈现出一种委婉沉郁的质象。

我希望蒋书平把这类风格的作品继续写下去，再浓一些，再厚一些，再广阔一些，再强烈一些，演化到极致，便是一种好散文。

每一个作家都有自己的生活领域，自己认知世界的角度，自己抒发情感的方式。有些作家很幸运，一开始就找准了自己的路子。有些作家则费力一些，需要经过长期训练才能走上正道。

蒋书平的起步是饱满的，她与河流为伴，目标自然流向远方。

在《大雪深埋》一文中，她曾这样写道：

“远方有什么，我追逐着什么？”我常常这样自问。

“远方什么都没有。”我又常常这样自答。

其实。

远方有诗意，这是散文。

远方有忧愁，这是散文。

远方什么都没有，这还是散文。

散文表达一种情绪，而情绪升腾在我们心中。物质的有，演化为精神的有；物质的没有，在精神中还是有；既就是远方苍茫大地混沌一片，我们心中的感受却会清晰如丝。

我相信，蒋书平的探寻不会停止。

有诗意、有忧愁、有无尽的远方，蒋书平的文学河流自然会奇妙多姿。

11 陶醉

王炜喜欢喝点小酒，这是高原男人的特点。每次我们见面，总要对饮几杯。微醺时节，王炜眉开眼笑，脸上泛着光彩，话语也渐渐稠起来，显得真诚可爱。

王炜喜欢唱信天游，这是陕北汉子的专长。那次在四川德阳参加中国西部散文家论坛，王炜代表陕西团出节目，他在台上吼起了信天游。虽然音响效果不行，字词含糊不清，但他很是投入，陶醉其中。

王炜喜欢文玩雅赏，这是兴趣广泛的象征。他尤其是对品茶之道以及紫砂壶鉴赏，颇有点儿研究。前几年，他主持的刊物办社庆，他设计督制了一批紫砂产品做纪念物，红泥小壶，配以纸盒，雅致精美，可玩可藏。

王炜喜欢交朋结友，这是个人魅力的展示。不管是在陕北，还是西安，他都有一批铁哥儿铁妹儿们。那次四川之行，又增添了“川帮”，过后几年，熟人相逢，人家总问：王炜呢、王炜呢？问得人直生忌妒。

最重要的，还是王炜喜欢写散文，这是他的毕生追求。他的散文与个人行踪趣味息息相关，选材平实，立意悠远，情思凝重，文字讲究。看看《我心中的蓝》一文的开头“露珠被阳光绊了一下，开始在那朵兰花上咯咯地笑。山原有雾，丝丝缕缕攒动、展开，慢慢散去。阳光如水在山梁河谷间流淌，我听到花朵扇动空气的噼剥声。露珠笑得太厉害，惹得兰花剧烈地颤抖……”这种黄土高原上晨光中的诗情画意，让人着迷。

读一本书，就是交一个挚友。王炜人可交，文可读，情可掬。

陶醉是一种感觉，一个境界，一份信任，一掬温热，一帧回忆。

让我们陶醉在王炜和他编织的美文中吧。

12 我买沈从文

说话可以啰唆，写文章必须精练，题目就更应该简洁了。这里我买沈从文，当然是指沈从文的著作。

大约是 20 世纪 80 年代初，有一天，我在安康小城的街头闲逛，看到了湖南人民出版社 1981 年 11 月出版的《沈从文散文选》和《沈从文小说选》，拿起来翻了一下，竟不忍释手。那字里行间透露出的生活气息，与我所处的陕南山区极为相似；那缓慢悠徐的叙述语言，也是我喜欢的调调。于是迫不及待地购了，放在家中常读。

不久，平凹兄等人来安康讲课，做客寒舍。因是老朋友了，我尽地主之谊，用陕南风味招待之。餐后品茶，他看到了《沈从文散文》，就拿起来翻了一下，然后问："这书，在哪买的？"我答："就在安康，一个小书摊上。"他抬头望了我一下，我明白他也喜欢这书，便说："这本送给你了，回头我另买。"

那时，书法还不卖钱。晚上，他给大家写了很多字。

第二天上午，我去招待所看他们，在平凹兄房间的桌子上，摊开着那本《沈从文散文选》，上面已经批满了密密麻麻的钢笔小字，可见他已连夜阅读，还写了体会。

1983 年，我在报刊上看到消息，花城出版社推出 12 卷本的《沈从文文集》，但我在安康、西安的书店里都没有找到，于是，只好给花城出版社的编辑写信求书，责任编辑回了信，说他手头有一套，但不全，差 2 册，把 10 册寄给了我。那是红色封面，虽然纸张粗糙，可瑕不掩瑜。

过了几年，在书店见到再版重印的《沈从文文集》，12 卷本立在那儿，黄色封面金色书脊书名，装帧精良，非常经典，我毫不犹豫地又买了一套。

1988 年 5 月，沈从文去世，我手抚着他的文集，久久不语。心里有个想法，一定要去沈从文的故乡看看。后来，我真的去了湘西的凤凰县城，在小巷里他故居的书桌前端正地坐下，照了一张相。又去他写过的江岸、苗寨走了一圈儿。

2009 年，北岳人民出版社推出了《沈从文全集》27 卷本，深灰色封面，精装，当是最全的沈从文的文字了。但是，这套书奇贵，定价 1980 元，平均 70 多元一册。并且我已有了文集，有了精华本，就没购入。不过，心里却还惦记着这套全集。

最近，“当当网”开仓放水，《沈从文全集》半价酬宾，不到千元，我立即付款定货。几天后，一大箱书送到，我在书架的最显眼处，为它安排了位置……

这是神，要供着。

这是营养，要不断地来汲取。

我的意见，对于自己喜欢的作家，要读他的全集。精选本固然好，省钱省地方，省时间，但那是树干，只见其筋骨，绿叶被屏蔽了。如果要窥其满树婆娑的全貌，见血肉真性，见闲情逸致，见细微末节，还是得读全集。

13 情真意善写美文

建筑艺术是美的艺术，家园情感是美的情感，好的文章是美的产物。

文学的终极追求是真善美。我们总希望这个世界会一天一天好起来，但很多事情我们又无能为力，于是，喜欢文学的人，就把愿望寄托于笔端，凝情为文。

真是本心，善是意愿，美是结晶。

读托尔斯泰的作品，我们常常会想到：这是一颗充满怜悯、善意、宽博的心灵在跳动啊！

当然，我们无法与托翁相比，我们的善根和修为还达不到，但我们可以拾其碎片以做镜。

眼前这本《筑善筑美》文集，是一次征文的成果。这个征文的主题创意，真是太好了，对于主办部门来说，既切题，又有精神内涵。

读着这些文稿，我头脑里泛起几个词语：家园、乡愁、故友……

家园在过去的概念中，指的是老家、故园，自己曾经生活过的非常留恋的地方。对于游子来说，家园是梦、是酒、是精神的召唤、是人性的回归。但是现在，交通发达了、流动简便了、建造容易了，处处安居处处家，家园的范围自然扩大。只要有良好的环境，诗意的栖居，就可以是惬心的家园。本书中的《不想搬家》、《城里的阳台》等篇章，就表达了作者对新家园的描述和情愫，这也代表了生活在现代都市里的人们的心声。

乡愁这个字眼儿，如今被报章屡屡提起，这是因为，背井离乡的人越来越多，传统的农村已经发生了巨大的变化，许多人的老家改变了面貌或者逐渐消失，于是人们思念起田园生活的种种乐趣来。乡愁有小范围，也有大概念，对于普通老百姓而言，则可能是一砖一瓦的记忆。本书中收集的《碌碡记忆》、《还是那口窑》、《土坑》等作品，充分展现了对旧物的温暖念想。大家知道，历史不可能倒退，物质的现代化也是社会进步的象征，可每个时代，有每个时代的筑善筑美标准，吆着耕牛遍地走，老婆娃娃热炕头，那也曾经是不少勤劳男人的追求啊！

故友可以是长辈亲友，可以是童年伙伴，可以是有过交往的朋友。家园在发展、乡愁在演变，但人是永恒的载体。文学是人学、建筑是人学、善与美也是人学。生活中的种种际遇，都是通过人的记忆来保留和传播下来的，所以，万变不离其人。征文中的作品《与美相约、与善同行》、《奶奶的风箱》、《父亲的书屋梦》

等，都描写了人与环境的故事。渴望幸福、向往美好，是人的本性。

读着这些作品，也勾起了我对故土的怀念。我在陕南农村的那间老屋，因多种原因早就拆掉了，我只好从老家收集来一些旧物件，像一件蓑衣、一双草鞋、一杆铜烟锅，等等，悬挂在我的书房里，挽留丝丝故园的味觉。

捧读这本文集，我意识到家园是宽泛的，乡愁是灰色的，故友是朦胧的，文字却是温热跳动的，本书创作者奔涌的种种激情，给了我许多美好的幻想。

14 集邮记忆

最初的集邮，是无意识的事儿。

那是在30多年前，我高中毕业后返乡劳动，担任大队的团支部书记，负责召集青年人开展文化活动，其中有一项重要的任务，就是每月更换村头的黑板报。内容还好说，自己喜欢写作，根据村里的实际生活现象编个短诗短文顺口溜什么的没问题，但是，每期的报头画和插图却让人犯难，因为个人的美术功底还达不到可以自由创作的境地。于是，我就只好到处寻找邮票。邮票上的画面线条简洁清晰，又符合当前社会形势宣传的需要，我就把它们改了改，放大到黑板报上去。

画完黑板报，便将邮票顺手夹在书本里。可惜的是，多年来无数次搬家，无数次清理杂物，那些书和邮票几乎都丢失了。

然后的集邮，是有意识的事儿。

但这个意识与现在的集邮投资性质没关系。

大学毕业后，我到陕南从事《汉江文学》杂志的编辑工作，每天收到全国各地文学界朋友们寄来的信件和稿子，大多数看过处理完就用绳子捆扎起来，放上一段时间然后处理掉。但有一些重要的信件，我连同信封邮票完整地保存了下来。像贾平凹写的信封，诗人顾工、顾城父子写的信封，小说家刘绍棠写的信封，省作协老主席胡采发来的邮件等等，都干干净净地躺在我的抽屉中，那是一些珍贵而温馨的记忆。

后来调到西安编辑《美文》杂志，收到的信件和稿子就更多了，依照习惯，仍把重要的信件完整地保留下来，这其中有余秋雨、陈村、流沙河等人的。当然，大多数来稿并不重要，不值得收藏，但若遇到邮票好看的，我也会操起剪刀从信封上剪下来，慢慢地积了一大堆。我收集的这些邮票，以人文地理与风景为主，因为自己喜欢旅游和摄影，将邮票当作一种提示、导引及资料，说不定以后会按图出游呢。

有一个同事的孩子爱好集邮，常去我办公室翻信封找邮票，看到他那种求票若渴的激情，我索性将剪下来的那一堆都送了他。

再后来，我自己也参与起邮品的制作了。

因为多年来的游山玩水，手头积累了数万张风景照片，2000年时，突发奇想，我找到西安市邮政局，问他们能否将我拍摄的照片印成明信片发行呢？负责此项工作的女士看了我带去的样片，说："好啊，我们正开展艺术家的个性化明信片业务呢，已经推出了国画的、剪纸的，摄影当然也可以出。不过你的照片很多，最好有个主题。”经过一番市场调研，便商定印制一套《西部风情》摄影明信片。我按照要求选底片，洗印放大，调准色相，交了样稿。西安市邮政局很重视，申报了中国邮政明信片编号(相当于正式书号)，送到深圳去设计印刷。几个月后，《西部风情》明信片分“风光篇”、“人物篇”、“民俗篇”、“民胜篇”四辑，每辑 10 张装一个塑料纸袋，全套 40 张向海内外发行，很快售罄。

有一次，一个法国油画家和他的北京女友来西安找我，说是看到了我拍摄的风景明信片，印象很深，让我为他们推荐几个可以写生的地方。我满足了他们的要求，但是，他们又提出想把明信片上的几张风景画成油画，这个我拒绝了，中国的大好河山在那儿摆着，你们应该自己去实地选择表现它的角度。

不久前，我收到从老家安康寄来的一本精美的文学书，里边收录着我的一篇散文。打开漂亮的硬纸盒子，取出书来一看，里面搭配着一组“安康风光”特制邮票。这真是个好点子，邮票的进入，无疑是增加了此书的收藏价值。

由此我想到，文学与集邮的结合，应该还有个广阔的前景。

以后出新书，如果有机会，我也会在书中插进几枚邮票，它们是书签，是插图，是心性展露，是特质卡片，是带着翅膀的能够飞翔的美丽精灵。

15 吟庐心迹

树籽手串

我有一个手串，由各种树籽儿组成。这些树籽儿是我平时收集的，来路不同。有的是在树下拾的，有的是在路边购的，还有的是向朋友要的。它们大小各异，粗如胡豆，细若米颗；它们色彩纷呈，灿如红锦，淡若麻皮；它们形状好玩，圆如弹球，扁若桔瓣；它们质地特别，糙如石纹，润若玉表。

这些树籽儿单独来看，都很普通，没有什么耀眼的价值，大千世界里，同类千万，根本进入不了可以做标本的行列。

但是有一天，我把这些树籽儿集中起来，用橡皮绳了连在一块，做成手串，戴在腕上，竟然引起了观者的赞赏：多么有味道的手串啊！

是的，这个手串很别致，虽然均为自然界中常见的品种，但集中起来则对比呈现出树籽们各自的特质。

它没有华丽的外表，但有一种素朴之美。

它没有沉甸甸的分量，但有简洁的轻盈。

它没有昂贵的玉价，但有随意的方便。

我想，生活中，我们不一定要去追求豪奢的享受，只要你用心动手，去发现去体验，满足的感觉也常常能找到。

本来散落各处的树籽儿，出现在我组合搭建的平台上，就神采奕奕。

我给这些平常的树籽儿赋予了新的光辉。树籽儿则带给我生活的愉悦。

其实，在人生的大世界里，我们都是零落的树籽儿。

但我们都是自然的精灵，都有各自的潜质。

这手串在我的腕上越来越好看了。

玉憾

小南门外，护城河边，有一小块平地，是个自由市场。常有乡下群众、小市民们来摆摊子。他们展开塑料布，将大提包里乱七八糟的东西一一陈列出来，供来往过路人挑选。

今天早上，我经过这地儿，看见一个中年妇女在卖小工艺品，有木雕、瓷盘、笔筒，还有不少小玉件。我瞧见一个塑料袋中，装着块黄白玉，便蹲下去拿出来一看，是块好料，玉质纯净滋润，泛着油光，手感细腻。但十分糟糕的是，工匠想把它雕成一个葫芦，可造型不准确，线条是歪的，玉面上散布着一小块一小块不平的刀痕，手艺太拙劣，我叹口气，将东西搁下。摊主说：咋样，便宜给你。

经过一番还价，我用极低的价钱将这块玉买下。尽管雕刻工艺实在太差，但这么好的黄白玉材仍然有价值。如果放在一个高水平的工匠师手中，如果它被雕成一件精美的艺术品，那价格将在 10 倍以上。

玉不琢不成器。但有时琢得不好，反而糟蹋了材料。

走在路上，我将黄白玉葫芦握在手里，心中对毫不相识的工匠师生出莫名其妙的气恼：技艺不行，就不要拿好玉开刀啊！尽可以去拿那些青石头练手，怎么折腾它们都行，但千万别把美的原物破坏。接着，我又为这块黄白玉抱不平：你本来天生丽质，温润动人，但就在你成器的时候，遇人不淑，受到毁灭性的打击，落了一身残疾。设想你如果遇到一位高人精心雕琢，那会是多么辉煌风光的另一番景象啊。

玉无语，依旧羞涩满面。

我想我会好生待它。

舞台

舞台是表演的场所。

其实，每个人都有自己的舞台。

在陕南小城安康，我曾遇到几位老人，看起来很苍老，衰弱，与民间普通的年老体弱的人一样，但只要提起汉调二黄，他们的脸上立即会泛出光彩。请他们表演一段，马上就声情并茂地动作起来，那摆头，持手，站立姿势等，都非常到位。声音虽然已不洪亮了，但腔调，韵律，味道把握得好极了。我心想：汉剧是他们的舞台。

有一次聚会，一大桌子的客人七嘴八舌，夸夸其谈，各显风采，唯有一位女士安静地坐在那儿，微笑着做倾听者。后来，有人扯起了喝茶，那位女士立即活跃起来，从各种茶的特性，到品茶的要领，讲得头头是道，她说了一句经典的话语："走遍天下寻活水，泡出一杯好茶来。"我印象极深。无疑，茶是她的舞台。

还在不同场所看到一些书法家，坐在那儿很朴实，像手握锄把的农民，可是站到书案前写字的时候，那管毛笔在他们手中龙飞凤舞，墨趣天然。看来，书法是他们的舞台。

舞台是多种多样的，当官的要在官场上表演，做菜的要在厨房里表演，种花的要在园林里施展……这都是应尽其责，无可厚非。

我也在社会上混了些虚名，常被邀请去参加各种活动。与文学有关的，就要说几句，为主办人捧捧场。但有时候与文学毫不搭界，我就一声不吭，只做观众。我心里明白，世界很大，只有文学才是我的舞台。

但是我也看到一些人，不懂装懂，信口开河，自以为是，弄巧成拙。

他们没有把舞台搞清楚。

我得出的结论是：

在合适的地方表演，理所当然。

在合适的地方不表演，失去机会。

在不合适的地方逞强表演，小丑一个。

亮相

（戏说文学艺术研究所）

今天是陕西社科院“新起点”2010年元旦茶话会，我代表文学艺术研究所说几句话。

首先祝大家在新的一年里身体健康，事业兴旺，万事如意。

既然是茶话会，又有点联欢的意思，我说话就随意一点。

我们所是新成立的，一个星期前才挂牌。院里有10个研究所，8个行政处室，3个编辑部，加起来是21个部门，我们所龄最短，排在最后，第21位，可以称为21少，少年的少，少爷的少。

但是，从实际年龄结构来说，我们所应该是老大，目前 6 个人，有 5 个是 50 岁以上的小老头子。最短的所龄和最大的年龄，这就形成了强烈的反差。一个半老不少的中年人，装上了婴儿的心脏，你想想，那个压力有多大？但是铁人王进喜说得好：地没压力不出油，人没压力没成就。我们会以百米跑的速度来干事情。

下面介绍一下我们所的成员：

首先是莫伸。我们莫老爷有个很大的庄园，里边住着小说家，报告文学家，电视制作人，电影导演，社会活动家等等，不过，这些名人角色，都是莫老爷一个人扮演的。莫老爷的衣柜里，挂着很多帽子，随便拿出一顶戴在头上，都挺唬人的。有一次，有个小偷钻进莫老爷的家里，把一顶帽子偷走了，莫老爷悬赏万元，将这帽子又找了回来。

下面介绍孙立新先生。孙教授是语言学家，语言学家是做什么的？就是研究怎样把话说好，说得有味道，有艺术，有情调。孙教授是陕西方言研究的权威，他的弟子很多，尤其是女弟子很多。你看，孙教授到大学里讲课，那些女学生一拥而上，将孙教授围了起来。干啥呢？签名呢，有的签在书本上，有的签在手绢上，还有的签在白衬衣上。大家要想把话说好，尤其是把西安话说好，就得向孙教授请教。我已经学了不少，这叫近水楼台先得月。不过，如果将来有人说：你们院里是咋搞的，咋就集中了一批户县的土包子。这可不能怪我们孙教授噢。

下面介绍董乡哲先生。乡哲先生是研究古典文学的，关于他的介绍，我写了一段非常精彩的话，但他不让说。他研究唐代诗人薛涛很认真，讲究考据，不喜欢戏说，所以我只好心疼地将这段话删了。谁要看，先去找乡哲先生获得恩准吧。

下面介绍王松先生。王老师是画家，在今天这个商品社会里，搞文学艺术的，谁最富？当然是书画家。不过，王老师的画价目前还没上去，但是期待值很高。我今天在这儿做广告，就是将来想帮王老师卖画的时候，多拿一点儿提成。大家要想投资收藏王老师的画，就来找我。我给大家打折，折扣很大哦，比如说，一幅画 5000 元，我只收大家 4999 元。

下面介绍毋燕女士。毋燕是文艺理论女硕士，是我们所的一枝花，有了毋燕，我们的 5 层楼上就朝气蓬勃，笑语不断，温暖如春。你看，毋燕一会儿给每个办公室送来烧水壶，一会儿送来茶叶，一会儿又送来书籍资料。有了年轻的毋燕，我们这些老头子都显得青春活泼。你看董乡哲先生，现在上班多积极啊，到所里来得多，待得时间又长，干得活儿也不少，什么原因呢，就是因为他与燕子是一个办公室，就坐在燕子的对面。我也一样，我原来白头发很多，现在变黑了，因为燕子就在我的隔壁。燕子把我叫师父，有一天，我问燕子：你出嫁的时候，让师父送你什么？燕子说：你得送我一个大东西！我心里直嘀咕：什么是大东西，该不是房子吧？老天，一套房子几十万呢。结果燕子说：你写一首诗送我。嗨，太简单了，莫麻达，咱就是干这事的人嘛。别说一首诗，十首都行，超额完成任务。

最后介绍本人。文学艺术所成立挂牌的时候，杨院长在大会的讲话中提到我，在我的名字前加了两个定语，就是：散文家、散文理论家陈长吟。当时我在下边听得很感动，我想，杨院长日理万机，全院 300 多号人的事他都得操心，怎么对我的专业性质还把握得这么准确，记得这么清楚？真是胸有韬略，心细如神，让人佩服。我这个人，年龄 50 多，可心理年龄只有 5 岁多，老是好奇，爱幻想。比如说，我就一直在幻想，那个国际上有影响的，诺贝尔文学奖的光环什么时候照到我身上。诺贝尔文学奖的奖金是 100 万美金，我需要这笔钱，但我一分都不会留下来，我要用这笔钱来做一件事情，什么事情呢？就是把《新华字典》上的一个字的内容改变一下。什么字呢？就是：网。渔网的网，网络的网。我搞了一个“中国散文网”，我是创始人，主办者，在网站负责人的称呼上我动了很多心思。国际上流行的称呼叫 CEO，是网站的首席执行官。国内叫站长，或者主编，或者总监，我觉得都不准确贴切，可能搞文字工作的人，喜欢咬文嚼字吧。我想出了一个名词，叫网长。你看，社科院叫院长，研究所叫所长，那么什么什么网就应该叫网长，对不？这个称呼词我发明了，并且现在慢慢开始被接受，我想就在《新华字典》上关于“网”字的介绍中增加一条内容。我找到《新华字典》编辑部，编辑部说，你要修改重印《新华字典》，拿100万来，所以我就想要那个诺贝尔文学奖的100万奖金。但是这只是幻想，目前是不可能的。所以我说我是5岁多的心理年龄。如果没这奖金，我准备到北京的《新华字典》编辑部去上访，静坐，到时候大家可要签名支持我哟。

今天是茶话会，我算是戏说文学艺术所，增加一点艺术气氛，冒失了的地方，请我们所的同人原谅。因为我说过，我只有5岁的心理年龄。

谢谢大家。

幸福与睡觉

现在你如果问我什么是幸福？告诉你：一觉睡到自然醒。

睡觉本来是个简单的事，可要天天睡得安稳，睡到自然醒却不容易。

当官的人想着怎么升迁，睡不好觉。
有钱的人想着怎么安全，睡不好觉。
没钱的人愁着穿衣吃饭，睡不好觉。
上了年纪的人体弱多病，睡不好觉。
小青年赶着去打卡上班，睡不好觉。
……

在今天这个社会里，睡眠不足已经是通病。

所以一觉睡到自然醒，就难能可贵了。

本人一直从事文字工作，凭良心作文做事，因此夜夜睡得踏实。

从晚上 12 点落枕，到早晨 8 点多起床，仿佛就是一瞬间，连梦都很少。

尽管天天起得晚，但是活儿手上赶，也没耽误下正经事儿。

能吃能睡，这就是我的幸福。

乱戴帽子

如果把一篇文章比作一个人的穿戴装饰，那么，标题就是帽子，要醒目出色；内文则是衣服，要宽松合体；结尾便是鞋，要落到实处。

最近，本人有一篇文章，获得了陕西省数家文学、新闻媒体联合举办的名为“美丽陕西”征文一等奖。有奖牌、证书及 2000 元奖金，这对于一篇小散文来说，也算是荣誉满载了。

倘若拿此事写文章，那真是卖弄自己，不值得。

我想说的是：帽子被换了。

我原文的标题是《周山至水》，评选揭晓新闻中成了《周至山水》。

是不是另有人写了一篇关于周至县山水胜迹的文章呢，仔细看了作者名字，还是本人，没错。

用名《周山至水》，是经过考虑的。这与古地名有关，周至古时的写法是盩厔，据《元和郡县志》载：盩厔，古县名，“西汉时旧县，县治在今终南镇西南300米的终南故城”。终南故城南依秦岭，北临渭水，西有黑河，东有赤峪，数条溪水在城东形成九曲十八弯，其势壮观。山峦重叠而为“盩”，流水曲折而为“厔”，故以盩山厔水而得县名。后来人们嫌古字笔画复杂难写，就变成了现在的周至。所以，用《周山至水》做标题有来历，有深度，有气势，可是变成《周至山水》，词语的顺序一调，就小气、俗气多了，也没有什么特点。可以户县山水、眉县山水、长安山水等等，是一种通用词语。

标题这么一改，犹如一个人穿着西装、皮鞋、礼帽，本来很和谐雅致，却被换成了草帽，样子就俗了。

我不知道这标题是组委会改的，评委会改的，还是新闻记者以为本人笔误错字，便改了过来?

诸位可别说我没良心，给你评了奖、做了宣传，你还挑刺!

这是另一码事。该感谢的还是感谢。

在这里我想说的是，每一个人选择帽子都有其忖度，且不要随便为别人更冠。

人生有时需要紧跑几步

凡是乘坐公交汽车的人都遇到过这样的情况：前方车要进站了，你还有那么一段距离，如果以正常速度走过去，车就开走了；但是紧跑几步，就能赶上这趟车。

此刻，乘客的心态各有不同。我调查过。

一位老太太说：急啥，后边还有车。

一个优雅的女士说：在大街上跑起来多难看呀，又引人注目。

一位白发老爷子说：跑呀，赶上这趟车，省时间。

老太太按部就班、等待下一趟车的到来。可下一趟何时来，这期间要等多长时间？并且车上人多人少，都是无法准确预测的。

女士注重自我形象，不愿打破优雅的仪态。可在太阳的暴晒下继续等车，付出的代价也不少。

这位老爷子是对的，紧跑几步又何妨。

什么常规，什么仪表，什么讲究，在特殊的时候都可以打破。

错过这趟车，就没有这个时间段。

人生有时需要紧跑几步，这是积极的生活态度。

16 散文人生

今天是个散文的聚会。

面对着宽阔的汉水，面对着葱郁的巴山，我们来畅谈文学，品茶论道，这就是一种散文生活。

我现在有三个工作室，对我来说是三种生活节奏。

第一个叫“朝山庐”，在秦岭北边的长安区沣裕口，终南山下。我每周去这个工作室两天时间，负责西北大学现代学院文学院的管理事务。走在绿荫覆盖的清洁优美的校园里，看着学子们一个个匆匆来去的身影、朝气蓬勃的面孔，听着洪亮的大钟，琅琅的书声，让人感到生活像诗一样的热烈、激情、单纯而又美好。

第二个工作室叫“墉城堂”，在西安老城墙下的小巷子里，周围的公园里有跳舞锻炼的人群，饭馆里有喝酒划拳的市民，街道上有围成堆儿打麻将的老人。在这个工作室里，我主要是约见文友，处理散文学会的事务，因要筹划文学活动，就得见各种人，包括艺术家、企业家、行政官员、爱好文学的工人、农民、军人、教师，还有江湖骗子，等等。看着各种穿戴，听着各种故事，感到生活像小说一样，复杂、多变、充满玄机。

第三个工作室叫“向江阁”，在秦岭南边的安康小城里，17楼上。站在高处，透过玻璃窗，可以瞭望到远方连绵的山野、身边蜿蜒的汉江。在这儿人感到轻松愉快，可以读书写作、品茶听音乐，饿了，下楼去菜市场喝稠酒吃蒸面；乏了，去江边看看水、散散步；然后一觉睡到自然醒。这种孤独淡泊、宁静有趣的生活，其实就是散文的状态。

我觉得，在我的生活节奏中，校园是诗，都市是小说，小城是散文。

但是，人的生活，如果老是像诗一样的充满激情，抽象热烈，你会受不了的。如果像小说一样的波澜起伏，曲折复杂，你也会感到疲倦的。而散文的散说散论，直抒胸臆，我脚走我路，我手写我心，我喉说我话，更切合人生状态。

我用自己的生活节奏，来说明我对散文的理解，说明我对散文的钟情和热爱。

我在一篇文章中还写过，文学如酒，使人陶醉。诗歌是白酒，高浓缩、高度数，要用小盅子，一点一点喝才行；小说是啤酒，有泡沫，篇幅长，要用大杯子，一杯一杯灌才行；散文是红酒，颜色纯，文字精，要用高脚杯，一口一口品才行。所谓的朗诵诗歌，翻看小说，品读散文。

现在，我们坐在小城边上，来品读陈志越先生的散文。

陈志越先生当过兵扛过枪，搞过新闻经过商，见过人海沉浮、世事沧桑，因此，他的散文张扬着正义和力量。社会生活的经历，人生的体验，自己的精神主张，是散文创作的基础。年轻人写散文，容易诗化、浅显，那是因为缺乏陈淀和发酵。其实，散文就是一张试纸，透过作品，一眼就可以看穿作者的深浅和修行程度。

陈志越先生做过军营通讯员，部队专业作家，电视台记者，因此，他的文学感觉和文字表达水平是长期修炼出来的。这些年，不管身份怎么变化，他都没有放下笔。可以说，文学是他的一种精神收藏，他在不间断地伸开怀抱，让他的藏品越来越丰富。这次他办了一个亮宝展览，出版了这本书，让大家看看他的家底。

书名叫《野艾集》，特别有味。是作者的情趣和心性表现。高山开小花，大河行小船，大庙唱小戏，大人讲笑话，都是让人心动的。

根据作者的经历和作者的展现，我把《野艾集》分为三个阶段。

第一个是抒情散文阶段。那时，作者在辽阔军营，从湖南到云南，从天上到地下，热烈而又紧张，见物抒情，见人写事，行色匆匆，壮怀激荡。唱《大江东去》，观《英雄花开》；追随《开路先锋》，寻找《导弹的眼睛》；陶醉在《野艾飘香的山谷》，《梦中山茶花开》。读这个时期的散文，人感到特别振奋，那种昂扬向上的正能量，我觉得是今天这个时代应该提倡、坚持的东西。说实话，我每年收到大量的散文著作，大多是小生活、小情调、小抒情、小收藏、小感觉、小议论，并且笔法飘浮、内容重复。就像把石子抛在江面上打水漂，轻轻闪几下不见了。而《野艾集》则是沉甸甸的，扔在江里有响声，能溅起水花。

第二个是叙事散文阶段。作者离开军营，回到故土，关注父老乡亲的命运，探索社会生活的发展。他在《黄河故道》，碰到《挑河的女人》；一边在《山区拍戏》，一边在《焦山观潮》；行文多了些凝重，多了些忧思。我认为这个阶段，作者有很多生活的积累还没有开掘。所以读这个时期的作品，还不过瘾。那种泥土气息，没有此前的军营气息打动人。

第三个是生活哲理散文阶段。作者对很多生活现象有了广阔的观照，哲学的思考。好像一位智者站在江边，望江水悠悠流淌，发出绵长的愧叹。从《汉江惊魂》里，体会到顺应潮流和拼命挣扎的重要；在《天平与法码》中，揭示出生活的沉重和正义的坚持。

《野艾集》的最后一辑是“文坛走笔”，尽管只有几篇作品，但也见出了一个文坛老将对文学的准确观察、把握、认知、理解。

从《野艾集》这本书的编排秩序和作品数量来看，作者前期的创作汹涌澎湃，随着时间的推移，作品数量越来越少。

当然，这与作者的商海忙碌，时间紧张，心绪不宁有关。

我有几点建议：

一是坚持动笔写作。既然我们有这份对文学的钟爱和才华，那就要发挥出来。时间固然紧张，但还是可以巧做安排的。我推崇商界的两个大佬，一是潘石屹，他的博客更新很快，思维敏捷，文字犀利，既是商海的弄潮儿又是文坛的快枪手；另一个是王石，虽然搞的是房地产，但经常去户外登山，飞车等等。有才情的商人，才是最值得尊敬的。

二是经常读书充电。现在的社会，信息爆炸，乱象迭生。人要有底气，就得多读书。小学生读书是学习，中年人读书是谋生，老年人读书是养气。我们这代人，过去读书有限，有空得补上。并且要多读读古典的、哲学的、医学的等等，这对散文创作有好处。

散文是一种养老的文体，季羡林 90 多岁时还有新书出版，杨降 100 岁了还伏案写作，周有光 110 岁了仍然出口成章。所以，我们没有理由停止不前。

开头我说过，小城生活就是散文。把日子过成诗，人会虚幻夸张；把日子过成小说，人会疲惫紧张；把日子过成散文，才有味道。

17∥我们一同回家

时光可以流逝，人生可以老去，但绘画与摄影似乎永远年轻，那是因为它们记录下了当年的情景图像，真实得如在眼前。

绘画和摄影带着科技成分，虽然客观但其本身是没有感情及温度的，不过，那些绘者与摄者，皆是热血沸腾之人。我们透过图像，仿佛能感觉到他们的心跳。

第一次见到古金州八景图，见到七八十年前的陕南城乡旧照片，是在安康老城里的顾家大院。这是一座建于民国初年的老宅子，屋面青砖灰瓦，石墩木柱，有前庭、厢房、过庭、后厢房、上房等两排 20 余间。天井上耸立着拱形的凉亭，从长长的木楼梯爬上二层，回廊通畅，四周相连，目光无遮，视野温馨。宅内几乎全是木结构，木栏杆、木门坎、木屏风、木隔断、木窗户、木桌木椅，图形古雅，雕刻精致，处处窥见匠心。这是安康城里仅有的一座保存完好的古民居建筑，系文人雅士喜聚之地。

让我观看这些照片的，是柳庆康。他既是顾家大院的亲戚及保护者，又是顾氏民居餐馆的合伙人及推广者，更是一位热爱故土安康的宣传者、文化人。他机智真诚，乐善好友，喜欢做有益有趣的事情。

庆康告诉我，这些珍贵的图片，是一个叫尤约翰的挪威人送回来的。具体过程，他在书中有详尽叙述。

我从这些老图片中，看到了祖辈人的穿戴和举止，看到了城垣和房屋的旧貌，看到了汉水上的舟行，看到了土地上的耕夫……这些似曾相识且又遥远如梦的生活场景，像一股温暖的根脉，顿时在我心里涌动起来了。于是，我很感激这个叫尤约翰的外国人，他做了一件大好事。

从庆康的介绍中得知，尤约翰的父母亲 20 世纪初期在安康做过传教士，他们还在挪威建有一座名叫“安康”的房子。尤约翰就在这所房子里出生，然后又来到安康，度过了难忘的童年时光。

后来，我真见到了尤约翰先生。他此时已 70 多岁年纪了，体形魁梧高大，充满活力。尤其没想到的是，他能说一口流利的汉语普通话，声音很有磁性。他在安康城乡间转悠，与儿时玩伴拉家常，品尝地道的陕南菜，学唱传统民歌，就像一个离家多年的游子，又回到故乡来了。

的确，安康是尤约翰的第二故乡。2 ~ 10 岁，是一个人成长的重要时期，社会记忆，从此时开始；乡音乡情，于此时入心；生活习惯，由此时形成；环境影响，自此时烙印……所以尤约翰回到安康，就有回家的感觉。

古金州八景图和老照片送到安康，是回家；尤约翰再来安康，是回家；柳庆康编著这本影像书，也是一种回家；我读着这些文字和图片，更像回家。

我们一同回家。

家园不分国界，回家不论方式，人类的情感是一致的，手心的热度是相同的。

我想，打开这本书，可能是每个准备回家的人的期待。